Ludwig Weibel

Was die Liebe sich ersonnen

Seelenvolles Sich-Begreifen

Zweites Buch
Meiner geliebten Carina gewidmet

Bibliographische Information der Deutschen Nationalbibliothek. Die Deutsche Nationalbibliothek verzeichnet
diese Publikation in der deutschen Nationalbibliogra-
phie, detaillierte bibliographische Daten sind im Internet
über http://dnb.dnb.de abrufbar.

© 2015 Autor: Ludwig Weibel
Herstellung und Verlag:
BoD – Books on Demand, Norderstedt
ISBN Nr. 9783739222349

Ludwig Weibel

Was die Liebe sich ersonnen

Inhalt

1

Sahst du je ein zweiblättriges Klee

Gossau, 19.6.1981

Mein zartes Täubchen sahst du je ◊ ein zwei-
blättriges Klee ◊ so wie' s in meine Finger kam ◊ und
ich es mit nach Hause nahm ◊ das Kleinod dir zu
zeigen ◊◊◊ Es hat, wie du begreifen wirst, zwei
Öhrchen grün und fein ◊ und ist, sofern du's nicht
verwirfst ◊ für alle Zeiten – dein. F.

Gossau, 20.6.1981

Deine Seele horcht ◊ was ich ihr sage ◊ durch den
lieben, langen Tag ◊◊◊ Weiss sie auch ◊ wenn ich ihr
klage ◊ was ich kaum verhehlen mag ◊◊◊ Traurig bin
ich ◊ ohne sie ◊ herzlich nah zu sehn ◊◊◊ Dass mir ◊
hin und wieder wie ◊ heisse Tränen übergehn. F.

Genf, 24.6.1981

Mitternacht,
behutsam kommst Du zur Tür herein. Ich schaue
Dich an. Erschrecke nicht. Deine Seele liegt auf
Deinem Gesicht. Und der Raum geht unter in einem
hellen Schein.

Oh – dieses geliebte Angesicht, das ich mir
tausendmal, und immer ähnlicher, erträumte, mit
denselben – dem Schmerz und der Freude
hingegebenen – Schatten, geboren aus dem Licht.

Was wär ich ohne Dich? ein Lied, das seine Melodie erwartet, ein sehnsuchtsschwerer Sommer-
garten, ein warmer Teich, der, in sich selbst versunken, unendlich grosse Himmel spiegelt.

Geliebte eines (kühlen, fernen) Fürsten, die ihre
bangen, dunklen Wünsche, wie wilde Pferde zügelt.

Sieh, meine Lippen beben. Ich liebe Dich --- nimm
hin ein Neues, ein Beginnendes: mein Leben.

Nein, ohne Dich kann ich nicht sein. Muss wachen,
wachen, oh – meine Augen lachen und meine Hände
verschenken Blumen in zierlicher Gebärde und
werden nie müde beim Spiel.

Doch schau, mein Herz, es tropft rot in die tiefe Stunde der Nacht, fällt nieder aus der Runde der Sterne und will durch deine Türe treten, die wie ein Lächeln offen steht und will wieder lernen zu beten.

Gross kamst Du in meine Welt, in Deinem herrlichen, schweren Schicksalskleid und frugst mich: Bist du bereit?

Ja, Geliebter, denn Du, mit all diesen seltsamen und feierlichen Dingen, geleitest mich aus meiner Einsamkeit zur Ewigkeit. C.

Gossau, 25.6.1981

Ich habe Hunger und Heimweh nach Dir mit allem was ich bin, meine liebenswerte Carina. Die Zellen meines Körpers brennen in winzigen Flämmchen für Dich und erzeugen die Wärme, mit der ich Dir nah sein möchte, wie ausgegossen über Dich, dass ich den wunderfeinen Schauer der Erregung spüre, die Dich ergreift und die mir im Wiederklingen Sehnsüchte weckt von wundervoller Schöne. Paradiesische Liebesträume erfüllen meine Seele bis zum Rand, Gewirke reiner Lauterkeit, die sich verschenken und vergeben möchten.

Wie in ein Märchen getaucht sehe ich uns im Gedanken an das Vereintsein in Minne, zeitlos ohne jeden Tadel. In die Benedeiung glückseliger Stunden gesunken, atmen wir leise des anderen Atem und heben im selben, weittragenden Rhyth-mus die wärmende Brust. In vollkommenem Einklang eingebettet in die Harmonie der Welt, erlaben wir uns an den schönsten Früchten, die sie uns bietet und sind in der vollendeten Hingabe ein einziges, nicht mehr zertrennliches Paar. In wunderbarer Gelöstheit verweilend, sind wir reine Friedfertigkeit, deren Grazie das holdseligste Lächeln der Welt in sich schliesst und den Zauber der Anmut, dem alles gehorcht im natürlichen Reigen.

So leben und schweben wir in der beseligenden
Huld, die uns zuteil wird in unserm, von liebendem
Reichtum erfüllten, nie nimmer verblühenden Sein.
F.

Gossau, 25.6.1981

Wer kann die zahllosen Seufzer ermessen ◊ die jäh
sich entwanden der stöhnenden Brust ◊ nie
nimmermehr mag ich vergessen ◊ die sich so
sehnten nach Liebe und Lust ◊◊◊ Fern atmest du
traut in den Morgen hinein ◊ reiner Frieden erfüllt
deine Kammer ◊ dort liegst du verlassen so lieblich
allein ◊ mir ist's ein verzehrender Jammer ◊◊◊ Wo wir
uns doch könnten in Minne verstehn ◊ in der
Zärtlichkeit lockenden Zügen ◊ für Stunden in hellem
Entzücken vergehn ◊ in wundervoll weichem und
zartem Sich-Fügen ◊◊◊ Wie schau ich dich nahe
mein süsser Gespan ◊ bin innig von deinem
Verlangen umschlungen ◊ und darf dich verwöhnen,
soviel ich nur kann ◊ dass unser Herz helle Freuden
gesungen. F.

Gossau, 27.6.1981

Liebevolle Carina,
Deine Briefe tun mir so wohl, inmitten der bald mehr,
bald weniger belastenden Pflichten, die ich zu
erfüllen habe. „Doch schau mein Herz, es tropft rot
in die tiefe Stunde der Nacht" – in dieser Elegie
erscheinst Du mir so edel, göttlich schön und
liebeströmend, dass eine Herzensträne mir vom
Auge perlt und sich dem Blatt vereint, aus dem Du
sprichst und singst in Trautheit, die die Nacht Dir
eingegeben.
So zieh denn mit dem fein gezognen Kreuz auf
Deiner Stirne in die Zeit der Ferien, die uns wohl
Trennung von der Nachricht, nicht aber des
Getrenntseins Weh bedeutet, denn im Heiligtum des
Innern sind wir uns unverbrüchlich nah, und näher

noch, je mehr die Sehnsucht uns zu unseres Fühlens seligem Beisammensein beflügelt.

Leb wohl, Geliebte der tausend Freuden und Schmerzen, Blume der Nacht und versöhnendes Licht meiner Tage, in dem sich so viel von dem Sinn allen Lebens erfüllt. F.

Gossau, 28.6.1981

In pastellnen Himmeln bin ich daheim ◊ wenn beglückende Zeiten mich führen ◊ eratmen darf ich den strahlenden Schein ◊ und die Wärme der Spenderin spüren ◊◊◊ Ein dankendes Jubeln entspringt ◊ - weil ich Prächtiges schau - meiner Kehle ◊ elegisch in Wohllauten singt ◊ und erhabener Freud meine Seele ◊◊◊ Hoch zieh ich in schwerloser Leichte dahin ◊ hab von Säften der Fülle genossen ◊ es laben mir Wogen von Schönheit den Sinn ◊ die sich mir vor die Augen gegossen ◊◊◊ So weil ich vom Atem der Götter belebt ◊ und umflutet in äthrischen Reichen ◊ derweil mich das Glück dieser Stunde durchwebt ◊ und verklärt in der Herrlichkeit Zeichen. F.

Gossau, 29.6.1981

Was mich bewegt in tiefster Seele ◊ ist Dankbarkeit und liebendes Verstehn ◊ soviel, dass mir aus voller Kehle ◊ die Worte strömend übergehn ◊◊◊ Die Fülle, die mir's Leben beut ◊ ist so erhebend Tag für Tag ◊ dass ich, was mich zuinnerst freut ◊ noch kaum beim Namen nennen mag ◊◊◊ Beständig formte sich mein Sinn ◊ und dieser führt mich im Erkennen ◊ zu immer höh 'rer Formung hin ◊ ein Auferstehn möcht ich es nennen ◊◊◊ Als wie von dämmerhaftem Dösen ◊ zu allbeseligendem Licht ◊ in einem unbeschreiblichen Erlösen ◊ vor Gottes strahlen-dem Gesicht. F.

Gossau, 30.6.1981

Mir ist ich sei nur in der Welt erschienen ◊ um dir herzinnig gut zu sein ◊ mit liebevollem Tun dir treu zu dienen ◊ im wohlgestimmten Seelenreim ◊◊◊ Du bist mir vollends zugetan ◊ mit deines Wesens feinem Sehnen ◊ empfängst was ich dir geben kann ◊ in holder Anmut zartem Nehmen ◊◊◊ Und spendest wieder mir im Dank ◊ ein Lächeln so verklärter Schöne ◊ dass ich entzückt an deine Seite sank ◊ und selig dich mit Zärtlichkeit verwöhne. F.

Genf, 1.7.1981

Wir leben beisammen auf dem Stern der Poesie, wo Du die hohen Wellen meines Herzens mit Zauberworten zur Ruhe legst und alle dunklen Schatten, die sich uns nahen möchten, mit Deiner Dichtkunst beseitigst und soviel Licht und Schönheit schaffst, dass ich dauernd immer nur staunen kann und mich selig bei Dir niederlasse. Du bettest mich in die Gründe Deiner lichten Seele, der soviel Harmonie entströmt, und da darf ich den göttlichen Liedern lauschen, die sie mir singt. Frédéric, ich habe Dir nichts anderes zu schenken, als mein warmes Herz. Nimm es. C.

Genf, 2.7.1981

Abenddämmerung auf dem Salève. Das alte Bauernhaus wurde als Restaurant eingerichtet. Nebenan leben noch die Tiere. Es duftet so herrlich nach Stall, nach Heu. Man geht über den grob gepflasterten Hof. Überall wuchert das Gras in grossen Büscheln zwischen den Steinen. Ein Glöcklein bimmelt, halb verschlafen. Wem gehört es? Einem Kälblein, einer Ziege ... Ich spür mich von ECHTEM LEBEN umgeben. Diese derben Düfte der Natur ... 21 Uhr. Du. Sanft verfliessen die Hügel in den Abend hinein und auf dem einen stehst Du, riesengross und lächelst auf mich herab von weit oben. Ton visage – quelle tendresse – tu me fais mal mon amour. So lieb schaust Du mich an, mein Blick verliert sich in der Ferne. Mein Herz träumt. Leise, aber innig, sag ich Deinen Namen und weiss, Du hast es gehört.

Etwas später lausche ich der Stille. Man hört die Stille, sie steigt aus den dunklen Tannen, aus den Feldern, aus der Blumenwiese, kommt hernieder vom Himmel, ist rund um Dich, in Dir, füllt Dich aus. Du wirst zur Stille.

Seliges Weilen in Gottes mächtiger Hand, zu zweit, inmitten dieser verschwenderischen Natur, von Schönheit durchtränkt und voller Hoffen und Glauben.

Vereinzelt blinken ein paar Sterne zwischen blau-weissen Wolken von grandiosen Formen, das Mt. Blanc Massiv ist verschwunden. Kein Vögelein piepst mehr. Es ist Nacht geworden. Auf dem Heimweg rennt ein Häslein vor dem Auto durch und bleibt geblendet im Lichte der Scheinwerfer stehen. Wil hält an und wir verbleiben so eine graume Zeit, bis es dem Tierchen wieder einfällt, im Zick-Zack quer übers Feld zu verschwinden.

Bald werden wir schlafen; aber unsere Seelen treffen sich, verbinden sich im Weltenall, um mit-einander in innigster Traulichkeit, auf den ge-heimnisvollen Wegen der Nacht, schwebend den Morgen zu erwarten. C.

Genf, 3.7.1981

So durstig bin ich und hungrig nach Geistes-nahrung. Frédéric ist ein wundervoller Führer. Er veranlasst mich, immer weiter zu gehen, von neuem zu suchen, Vorurteile abzulegen. ich wollte diese Vorträge gar nicht lesen. Aber jetzt fang ich an, zaghaft, ohne zu wissen, was dabei herauskommt.

Mysterium um mich, in mir; durch Nächte hindurch lesen, aufnehmen, versuchen zu verstehen, nicht nur Gefühlsmässig. Neue Welt, neues Leben, neues Glauben???

Gossau, 1.7.1981

Als ununterbrochener Wohlklang durchwebst Du die Welt meiner Gedanken und Gefühle und regst mich dazu an, Dir das Beste und Erhabenste was ich in mir finden kann, mitzuteilen, zu verschenken, um so einwenig von der Dankbarkeit abzutragen, die ich Dir schulde dafür, dass Du mir solche Freuden bereitest. Ich sehe mit immer grösserer Bestimmtheit das Hervorragende unseres Zu-sammentreffens genau in dieser Zeit, diesem Gran der Ewigkeit. Und ist es auch vielfach so in der Begegnung zweier Menschen, so können' s eben nur wenige sagen. Dass uns diese Gnade zuteil wird, ist das Aussergewöhnliche, das uns zu einem Paar macht, an dem noch viele ihre Phantasie erproben werden. Man erzählt von Minne-sängern, die mit Lauten-klängen und schönstimmigem Gesang der Liebsten den Tribut erstatteten, von Romantikern die weiss was taten mit Gedichten und galanten Schreibe-reien, um das ach so schöne Feuer loh'n zu lassen. Und alle waren Menschen-paare wie wir, die durch das Wort die Zeiten überdauert haben und nicht nur unbeschadet, sondern Glanz gewinnend durch die Patina der Zeit, die ihnen wunderbar zu Ruhm verhalf und un-gebrochnem Leben.

So seh ich uns; Du hast die Würde einer Sand, und eines Kätchens, einer unnachahmlich in die Zeit gestellten Dame, an deren Esprit sich der Vielen Sinn ergötzt und an dem manche mit Bewundrung sich ein Beispiel nehmen. Dem Leben hingegeben und dem was es Dir beut, dem bis ins Mark geliebten, auf den Du wartetest mit allen Fibern und dem Du nun Dein Menschsein opferst, Dein Verlangen, Deine Ehre, jede Regung Deiner

mädchenhaften Seele, ohne jede Sicherheit, hinauf-
gehoben ins Vertrauen, dessen Uner-messlichkeit
Dir alles ist und ohne das zu Nichts, wie ein
geborstnes Kartenhaus, das Hochgetürmte, Treff-
liche, zerfällt und Dich begräbt in einem klirren
Haufen eisgewordner Tränen. Doch wer Dich hält, ist
- so absurd es tönt - Du selbst, nicht ich, denn was
Du in mir schaust ist nur das Spiegelbild des
Trefflichen, das Du versendest und so ist es
unmöglich, dass Du fällst und dass Dir etwas
anderes entgegen-leuchtet, als was Du selbst
versandtest, all das Zärtliche, das Du in kleine
Päckchen legst in Brief und Brieflein, die Dich,
umgewandelt neu erreichen, die Freude die Du reich
verschenktest wiedergebend.

So ist's mit Dir. Und lang noch wird der frohe
Lobgesang, zu dem wir uns erhoben, klingen im
Reich der Ewigkeit, der Liebe und des schöpfe-
rischen Werdens. F.

Gossau, 3.7.1981

Du bist überall bei mir, schöne Carina und umfängst
mich zärtlich im Stehen, Dein Köpfchen liebvoll an
meine Brust gelehnt, hilfesuchend und froh, dass ich
da bin. Unsere Liebe überschwebt wie ein Adlerpaar
hoch in Lüften diejenige, die wir mit unseren Gatten
führen. Du lässest die universelle Liebe in Dich
einströmen und spendest sie mir wieder, die Schale
bist Du die sie auffängt, und Du reichst Dich mir zum
Trinken.

Und immer fühle ich wie Du bei mir bist. Ich beginne
für Dich mit grosser Innigkeit die Mondscheinsonate
zu spielen, so langsam, beinahe Ton um 'l'on, dass
die Musik wahrhaftig Zwie-sprache hält mit der
lauschenden Seele.

Es steht der volle Mond zwischen Wolken-
schäfchen, von seinem fahlen Lichte durchströmt am

nächtigen Gewölb. Kein Laut, kein Mensch weit und breit auf dem einsamen Landschloss. Die Tür zur Terrasse ist angelehnt. Zwei Kerzen am Flügel spenden milden Schein. Die laue Sommernacht ist vom Dufte der Blüten erfüllt, die den Raum und die Gärten zieren.

Frédérica, Du ruhst mir schräg gegenüber im Lehnstuhl, im hellen, luftigen Kleid, den linken Arm auf die Lehne gestützt und Dein Köpfchen in bergender Hand. Unsere Welt ist vom Atem unendlichen Friedens durchdrungen. Es fühlt sich eines getaucht in des anderen Seele und ruht im Empfangen der Töne die leise, so leis wie ein Hauch nur im Innern die zartesten Saiten berührn.

Und wieder schwebe ich geradezu in der süssen Gewissheit, dass unsere Gedanken sich finden und wir, in Sphären reinsten Durchdringens uns lieb sind und freundlich mit jeder Gebärde unseres Sehnens. Wir sind beflügelt vom Wehn bedingungslosen Vertrautseins zu jener vollendeten Hingabe, der herzinnige Freude entspringt und ein Schwingen der Seele im Wohlklang überstömenden Gefühls.

In diesem Verweilen im Zustand ineinander ver-wobener Gedanken, erkenne ich mählich, mählich die wahre Wirklichkeit unseres Seins, denn die Körper allein sind ja stumm und können nicht fühlen und nimmer sich rühren, wenn sie nicht belebt und beseelt sind von dem was zuerst unser Wesen ausmacht und in dem wir auch jetzt uns befinden. So ist das zärtliche sich aneinander Vergeben in Gedanken und Gefühl die erhabene Wirklichkeit, deren wir gewiss sein können und in deren Gefolge erst das Sichtbare erscheint, das wir Wirkliches nennen. F.

Genf, 3.7.1981

Dieses Buch (Das fünfte Evangelium von Rudolf Steiner) ist mir in jeder Hinsicht seelische Nahrung, ein Bad für den Geist, eine hoffnungsreiche Botschaft. Es spricht aus ihm die Sprache der Liebe und lässt uns vergessen all den Materialismus, dem dieses Jahrhundert so total verfallen ist und der bei unzähligen Menschen den Elan zur Grosszügigkeit jeder Art total verdorren lässt.

Dies ist eines der tiefsten, erschütterndsten, schmerzvollsten Steiner-Bücher. Ich vertiefe mich mit bewegter Seele in seinen Inhalt und zeichne Seite um Seite an, was mich im besonderen berührt und anspricht, wobei einige Forschungsergebnisse sich (zwangsläufig) wiederholen müssen.

Mein Gott, was ist mit mir geschehen? Noch vor ein paar Tagen hatte ich nicht die geringste Schwierigkeit, alles Geschilderte sofort aufzu-nehmen und zu verstehen und heute – es ist mir übel – fühle ich mich diesen Aufzeichnungen gegenüber so fremd. Mir scheint als wäre ich plötzlich ein anderer Mensch, als würden sich alle diese neuerdings liebgewonnenen Wesen aus dem 5. Evangelium und dem Lukas-Evangelium von mir abwenden, als dürfte ich nicht mehr fühlen, sondern nur kalt MATERIALISTISCH analysieren. Noch sagt mir mein Verstand – aber nur der Verstand – dass es sich hier um die Versuchung des Christus-Jesus in der Wüste handelt. Aber das lässt mich kühl und unberührt; es ist als ginge mich das gar nichts an, als wäre es einem anderen Menschen erzählt und nicht mir. Frédéric, hilf mir!! Was soll ich tun ?? Mich friert's in der Seele. Wer ist Christus? Ein Spuk?

Der böse Traum ist vorüber. Ich bin zutiefst aufgewühlt und eine grosse Ehrfurcht, sowie ein unbeschreibliches Weh hindern mich, dieses Kapitel zu kommentieren.

Frédéric, Lieber – das Lukas-Evangelium BLEIBT das Wunderbarste, das ich je lesen durfte. Vielleicht weil ich diese Botschaft der Liebe erst von mir wies und sie mich dann wie ein ungeheurer Strahl toleranten und positiven Anschauens durchflutet hat.

Das fünfte Evangelium kommt ihm aber so nahe und mehr denn je sage ich Dir: Dank für diesen strahlenden Lichterweg. C.

Gossau, 4.7.1981

Tränen der Sehnsucht berühren mein Herz, weil ich deiner so innig entbehre ◊ sie künden im Leben den liebenden Schmerz ◊ der im Fernsein sich täglich vermehre ◊◊◊ Er wallt wie die Woge des Meeres heran ◊ schon frühmorgens beim ersten Erwachen ◊ und schlägt mir in Wildheit den schaukelnden Kahn ◊ dass voll Angst ich will Hilfe erhaschen ◊◊◊ Da steigt in der Sonne allmächtigem Strahlen ◊ am Himmel der Liebe dein Bild vor mich hin ◊ und erlöst mich vom Bann der erduldeten Qualen ◊ in reichem zur Seele gesandten Gewinn ◊◊◊ Oh bleib' -am azurenen Bogen gehalten- ◊ mein Traum, über dräuenden Zeiten bestehn ◊ bis wir beide -in Reiche der Sonne gezogen- ◊ im lichtesten Glück aneinander vergehn. F.

Gossau, 5.7.1981

Da es kühl wird im abendlichen Wandel des Gestirns, verlasse ich das Bänklein, die schöne Stelle im grünenden Land, die ich mir und meinem Herzen zum Feierabend-Halten erwählt, damit es an dem majestätischen Gehaben der Sonne lerne, gelassener zu sein gegenüber den Ereignissen des Tages, die es mit ihrem vielgestaltigen Bedrängen zu beunruhigen suchten. Der Friede ist in mein Gemüt gezogen und begleitet mich auf dem Wege zum Daheim, in dem ich mich wohlgeborgen den Benedeiungen des Schlafes empfehle. F.

Gossau, 6.7.1981

Holde Anmut reizend schön ◊ seh ich dich im Schlummer liegen ◊ dass mir Wünsche auferstehn ◊ dich voll Zärtlichkeit zu lieben ◊◊◊ Hab ich dich da leis berührt ◊ mit der hingelegten Hand ◊ welche deine Wärme spürt ◊ unter bergendem Gewand ◊◊◊ Doch da trau ich nicht zu reisen ◊ fein mit ihr darüberhin ◊ in besänftigendem Kreisen ◊ meine süsse Schläferin ◊◊◊ Denn das Reich in dem du schwebst ◊ ist so heiter, unberührt ◊ von allem was du hier erlebst ◊ dass mich eine Ahnung führt ◊◊◊ Dich zu lassen, wo du bist ◊ noch für eine Weile ◊ eh ich, was mich heiss durchfliesst ◊ dennoch mit dir teile. F.

Genf, 9.7.1981

An diesem hellen Morgen nehm' ich Dich an mein Herz. Spüre, wie alle meine innigsten Gefühle zu Dir fliegen. Früh hat sich meine Seele auf den Weg gemacht, um einen neuen Tag mit Dir zu verbringen. Wir sind in dauerndem Zwiegespräch, Frédéric; nur bitte ich Dich heute, mach mich stark, meine Sehnsucht ist zu gross. C.

Genf, 10.7.1981

Es war ein wunderschöner Tag heute, hier in Menthon, am Lac d'Annecy. Nur Du fehlst meinem Herzen.

Eine Entenmutter mit 3,6,9,11 – oh dort ist noch einer – zwölf kleinen, braunen Entchen.

Die Sonne zieht eine flammende, glitzernde, goldene Strasse über den See. Mir ist, ich könnte jetzt meinen Fuss darauf setzen und auf diesen lichtdurchtränkten Wellen bis in den Himmel tanzen.

Den ganzen Tag sind meine Gedanken bei Dir. Gottseidank versteht Kari meine Fröhlichkeit und meine Traurigkeit, die heute mit grösster Intensität durch meine Seele weben.

Ich fühle mich von einer mächtigen Hand durch die Zeit getragen und versuche, mein Karma zu verstehen. Seltsam ist der Weg, doch folg ich Deinem leisen Liede, das mir Samen des Glücks streut.

Halt mich fest! C.

Genf, 11.7.1981

Hab Dank, oh Du, für all diese Bücher.
Ich spüre, dass Morgenstern meiner Seele zu schaffen geben wird.

Frédéric,
jetzt ist der Moment da, wo wir uns für einige Zeit nicht mehr sprechen können. Umso offener ist mein Herz, meine Seele, um aufzunehmen alles was Du mir täglich durch den Äther sendest.

In Dir sind meine Taten gross und gut, und meine Tage, oh wie hell und licht.
Auf Wiedersehn. C.

Gossau, 11.7.1981

Reine Liebe ist so spielend ◊ leicht und schön in ihrem Wesen ◊ und gar friedvoll ins Gemüte zielend ◊ ein Geschenk uns auserlesen ◊◊◊ Das dem Herzen reich erblüht ◊ wenn's in seligem Vergeben ◊ sich um's Wohl des andern müht ◊ in selbst-vergessenem Bestreben ◊◊◊ Sie lässt die Welt zum Glanz erstehn ◊ der ihr bestimmt seit Urgedenken ◊ lässt überall das Lichte wehn ◊ will sich in Menschenseelen senken ◊◊◊ Die wie die Blüten offen sind dem unermesslichen Azur ◊ der Zärtlichkeit, die wie der Wind ◊ die weiche Wange streichelt nur ◊◊◊ Was hat sie alles schon entfacht ◊ in ihrem lächelnden Umfangen ◊ und sanfte wieder gut gemacht ◊ wenn Hader angefangen ◊◊◊ Die Liebe ist ein ewiges

Daheim ◊ es hat mein Herze still gesungen: ◊ gelobet sei was unser Sein ◊ mit soviel Seligkeit durchdrungen. F.

Gossau, 13.7.1981

Du bist ganz ◊ auf Meiner Weide ◊ in Sonnenglanz ◊ und Sterngeschmeide ◊◊◊ Die Ich, gar fein erlesene Gabe ◊ dir blütenrein ◊ gewidmet habe ◊◊◊ Sei eingedenk ◊ in deinem Sinn ◊ dass Ich dich lenk ◊ zu Welten hin ◊◊◊ Die lichtvoll sind ◊ wie der Azur ◊ wo Geisteswind ◊ dir wehet nur ◊◊◊ Sei stets bereit ◊ Geliebter mein ◊ erfüllt von Freud ◊ in Mir zu sein. F.

Genf, 12.7.1981

Wenn ich's Dir nicht sagen darf, wem könnte ich's denn anvertrauen?

Wie ein Gong ist meine Seele angerührt von Christian Morgenstern, der dieses Unerhörte ausspricht: „Ein Wunderlied von Hoffnungen und Tränen, in dem ein Herz mit seinem Schicksal stritt." Tun wir nicht dasselbe, bewusst oder unbewusst?

Selbst im Übermass an göttlichem Geschehen – Du und ich Stern geworden – der blauen Wiege des Lebens in seliger Verlorenheit hingegeben, liegt im Untergrund, eben in diesem Unbewussten, ein Schmerz, ein Häuflein Glück, oft sanft pochend nur, oft wirbelstürmig um sich schlagend.

Welche Welt steigt auf? Welches Leben widerhallt in mir? Wo stand mein Fuss? Wo tönten diese stillen Stunden, diese seltsamen Gespräche, die ich manchmal zu vernehmen, zu fühlen glaube, in meine Seele? Wo, wo? Ich weiss es nicht. Weiss nur, dass viel, viel, viel, viel Liebe mir entströmt, Kreise zieht, Wellen schlägt, rauscht und brandet – BRENNT. Wozu? Für wen? Für Dich, für die ganze Welt, für alle Menschen?

20

Ich sehne mich danach, alle Antworten zu vernehmen, um Ruhe zu finden. R-u-h-e, um dann nicht mehr „mit dem Schicksal streiten" zu müssen.
C.

Gossau, 13.7.1981

An die ruhende Seele.
Reich bist du im Empfangen göttlicher Gnaden, dem Unendlichen geöffnet, das in dich einströmt und dich erfüllt mit dem Zauber lichtvoller Beseligung. Du fühlst dich dem Kreuze der Erde entbunden und verweilst im Anschaun des Vortrefflichen, das sich deiner Gelöstheit enthüllt und dir siegreiche Sicherheit gibt über alle Gefahren. Du siehst dich bewahrt im Medium des allschaffenden Vermögens und angesteckt von der Leichtigkeit, mit der die wirkende Urkraft so spielend in Schleiern das Dasein entwirft, um die Schwebenden dann mit der Zeit zur beständigen Form zu verdichten. Doch trägt das Gestaltete immer in sich den Keim der Bewegtheit und wandelt sich mählich zu diesem und jenem, so wie es der Sinn der sich selber gestaltenden Kraft sich erwählt. Vielfältig beglückt bist du, Seele, in deinem Erhobensein, in dem du so friedvoll verweilst und noch atmest im alldurchstrahlenden Lichte in langen, seligen Zügen.

Genf, 13.7.1981

Zu Dir hin bin ich aufgewacht ◊ was wird der Tag uns bringen? ◊ Zu Dir hin hab ich froh gelacht ◊ Weit öffne ich die Schwingen ◊◊◊ Da höre ich ein Stimmchen fein ◊ Es lächelt Deine Seele: ◊ "Wir fliegen durch den Tag zu zwein ◊ Dass keins dem andern fehle. ◊◊◊ "O Du mein Herz, ◊ nun halt mich stumm ◊ In Dir sanft einge-schlossen ◊ Bis nachts vom Himmel um und um ◊ Die Sterne niederflossen.
F.

21

Gossau, 14.7.1981

Erstrahlend bin ich dir ein Stern ◊ am morgenlichten Zelt ◊ mein Leuchten schaust du liebend gern ◊ in deiner kleinen Welt ◊◊◊ Dir schön zu blinken steh ich dort ◊ ein Führer in den Tag ◊ biet' deiner Seele sichern Hort ◊ wo sie sich bergen mag ◊◊◊ Mit allen Sorgen komm zu mir ◊ in meinem Licht besehn ◊ ist was sie schienen nichtig schier ◊ so mag es denn geschehn ◊◊◊ Dass du vor mir in Freiheit stehst ◊ Herr über deine Zeit ◊ und froh zum Tagwerk übergehst ◊ in Herzens Seligkeit. F.

Gossau, 15.7.1981

Dir send ich meines Herzens Strömen ◊ in liebevollen Zügen zu ◊ es ist ein traulich Ange-wöhnen ◊ in dieser morgenlichen Ruh ◊ Ein Sein als wie in leichtem Schweben ◊ im dämmrig stille-trunknen Raum ◊ und innig Sich-vereint-Erleben ◊ in liebvoll hingegebnem Traun ◊◊◊ Was wir erkennen atmet Frieden ◊ der uns mit leisem Wehn umhüllt ◊ in wunderfein gefühltem Lieben ◊ das unsre Seelen reich erfüllt ◊◊◊ Und lässt in Dank-barkeit uns wenden ◊ zu Dem, der soviel Schönheit malt ◊ und immerzu an allen Enden ◊ Seine Welt mit Liebe überstrahlt. F.

Genf, 16.7.1981

Welcher Zauber im Klang Deiner Stimme. Er webt einen Schleier aus Seide um meine Gefühle und lässt mich wieder das unendliche Du spüren, das mich irgendwo in der Geisterwelt schon einmal berührt hatte und von soviel Sonnen beschienen ist. Es fehlen mir die Worte, diesen etwas dumpfen, leicht verwirrten Zustand erinnernden Empfindens zu beschreiben. Wichtig ist die Gegenwart, die wir bewusst durchschreiten und die Du mir so klar und hell zu Füssen legst. Aber einmal, Frédéric, werden wir uns auch dieser Gegenwart nicht mehr erinnern.

Noch ist meine Seele von diesem dichten, hinderlichen Leib umgeben, aber sie wächst stürmisch dem Moment entgegen wo sie, erlöst von Materie, mit Dir verschmelzen darf. Und dann? C.

Gossau, 17.7.1981

Die Gabe der Weisheit mein Kind ◊ das hellste der Lichter ◊ geht nicht so gelind ◊ als wie mit dem Trichter ◊ ins Köpfchen dir ein ◊◊◊ Da braucht es ein Üben ◊ in vielen Momenten ◊ geduldiges Fügen ◊ bis wir uns erkennten ◊ im ewigen Sein ◊◊◊ Daraus wird erfliessen ◊ die silberne Quelle ◊ zum frohen Geniessen ◊ dir Welle an Welle ◊ von Wonne hinzu ◊◊◊ Was du in ihr findest ◊ mit süssem Behagen ◊ und innig empfindest ◊ in lichtvollen Tagen ◊ ist – göttliche Ruh. F.

Genf, 23.7.1981

Grandiose Alpenwelt! Ich finde Dich in allen Kreaturen und der Weg scheint überall nur von herzförmigen Steinen besät zu sein. Der Wind erzählt uns Geheimnisvolles. Von den Felsen tönt jeglicher Jubel im mehrfachen Echo. Und ich darf deinen Namen nur leise rufen, dafür aber umso inniger. C.

Einsam tönt das Klavier hinaus in die Nacht, zum unsichtbaren Mond, in den nahen Wald.
„Ich schnitt in seine Rinde, so manches liebe Wort ...“ Ich versenke mich in Deine Gedichte, die mir alle sagen, dass am Ende der Winterreise (von Schubert) ein schönes Land wartet.

Du, wie ich mich auf unser Wiedersehen freue. C.

23

Gossau, 22.7.1981

Soviel des Glückes fass ich kaum ◊ dass ich's hinaus muss schreien ◊ und sag es jedem Strauch und Baum ◊ mit Liedern und Schalmeien ◊◊◊ Verliebt bin ich bis über's Ohr ◊ hab der mein Herz geweiht ◊ die mir entspricht wie nie zuvor ◊ manch zuckersüsse Maid ◊◊◊ Ihr sing ich tags aus voller Kehle ◊ und traut verhalten in der Nacht ◊ was meine jugendliche Seele ◊ so übermächtig glücklich macht ◊◊◊ Nenn ich's ein Finden im Gefühl ◊ ein sich Verstehn in tiefsten Gründen ◊ soviel ich in den Worten wühl ◊ es muss ein jedes endlich münden ◊◊◊ Zu dem was weltenschaffend klar ◊ aus allen Himmeln strahlend bricht ◊ schon seit Äonen immerdar ◊ der Liebe sonnenglänzend Licht. F.

Genf, 24.7.1981

Meine Gedanken begleiten Dich auf der Fahrt ins Tessin. Du wirst glückliche, sonnige, sorgenlose Tage verleben, inmitten lieber Menschen, duftenden Wiesen, und der Sonne Strahlen werden Dich durch-dringen und liebkosen.

All das macht mich unsäglich froh, weil ich Dein Herz leicht und dem Alltag entronnen weiss.

Durch die silbernen Morgenlüfte schicke ich Dir jeden Tag ein Handküsschen und ein fröhliches „Bonjour". C.

Genf, 25.7.1981

Frédéric,

ich bitte Dich, entlausche den sanften Winden was ich Dir so brennend sagen möchte. Auch ich tu genau dasselbe und so wird das Ungesagte zum berauschenden Lied, das beinahe unsere Herzen zersprengt.

Warten ist manchmal so schwer; mein warmes Leben pocht stürmisch zu Dir. C.

Gossau, 26.7.1981

Dem Himmel haben wir zu danken ◊ für soviel, das wir uns getan ◊ für jeden Becher den wir tranken ◊ und alles was uns so gefangen nahm ◊◊◊ In einer vielgestalt'gen Welt ◊ die in der Schroffheit ihrer Pole ◊ zwar rätselhaft vor uns gestellt ◊ doch nur zu unserm höchsten Wohle ◊◊◊ So fliesst aus Wehen alles Glück ◊ nach dem wir uns zuinnerst sehnten ◊ ein Gran nur geben dankend wir zurück ◊ vom Übermass, das wir der Welt entlehnten. F.

Genf, 27.7.1981

Wie muss ich meine Gedanken zusammenlegen, einordnen und im Zügel halten. Frédéric, mein Brüderlein, tausend Dinge hämmern seit gestern auf mich ein.

Ich kann es kaum fassen, dass die Reservation in Dornach zustande kam und jetzt, wo es soweit ist, spüre ich ganz stark, überwältigend nur noch dies: ich möchte in Deine Arme fliegen und sterben. Sag nicht, ich hätte die Freude verlernt, aber meine Seele ist schwer und traurig und geht vor Sehnsucht nach Dir langsam heim. Wohin soll ich mit dem Stein auf meiner Brust?

Diese Woche im Goetheanum musste einfach gerade in diese Zeit fallen; eine überaus gütige Hand hat es so gelenkt. Spürst Du, wie wir schon beieinander sind? Berge von Gefühlen fallen über mich. Mir schwinden die Sinne, wenn es in mir denkt, was uns bevorsteht.

Wenn der Geist unserer Liebe mir nicht dauernd in die Seele strahlen würde, müsste ich zerbrechen. Doch er befiehlt mir Starkmut, hebt mich aus dem Wirrwarr der Welt und lächelt mich an – aus Deinen Augen. Oh Frédéric, es laufen mir heisse Schauer über den Rücken. Patrick ist wieder zu Hause und mit ihm ist die Sonne eingezogen. Das Klavier singt wieder, das Kätzchen schnurrt. Es ist als wäre Dornröschens Schloss vom Schlaf erwacht. Mein sonniges Kind mit den Spitzbubenaugen. C.

Genf, 28.7.1981

Dein Blümchen aus Corippo! Sanft hab ich es geküsst und es war mir, als lägen Deine Lippen auf den meinen.

Frédéric, ich bin so von den verschiedenartigsten Gefühlen hin und her gerissen. Auf der einen Seite die wahnsinnigen Sorgen wegen Wil und auf der anderen Seite der Jubel in meiner Seele, die sich schmückt und bereit macht, Dich wieder in sich aufzunehmen.

Auch ich habe Faust gelesen und kann kaum mehr warten, ihn in Dornach mit Dir zu erleben.

Wie vielseitig doch das Leben ist und wie markant einzelne Schicksale gezeichnet sind. Frédéric, ich brauche Deine Hilfe, dass ich stark bleiben kann. Ich komme mir im Moment vor, wie jemand, der am Ufer des Meeres steht und von weit draussen sieht er die riesigen, gewaltigen Wellen der Flut langsam, aber unaufhaltsam auf sich zu kommen. Wird er darin untergehen??

Ich will nicht an die Antwort denken, nur die Augen schliessen und Dich fühlen. O selige Seligkeit. C.

Gossau, 29.7.1981

Nun geh ich wieder so verträumt ◊ in meiner Welt herum ◊ bin viel zu wenig aufgeräumt ◊ für breites Publikum ◊◊◊ In meinem Köpfchen bist nur du ◊ voll Lieblichkeit vertreten ◊ mein gutes Herz hat ohne Ruh ◊ dich zu mir hergebeten ◊◊◊ So bin ich denn ein rechter Tor ◊ versunken in Gedanken ◊ bring nur den einen noch hervor ◊ von zärtlichem Umranken. F.

Gossau, 30.7.1981

Wann endlich kommst du süsse Maid ◊ dass ich mit Armen dich umschliesse ◊ und in der Nächte Ewigkeit mit dir die Lieb geniesse ◊◊◊ Die in uns wie die Flamme brennt ◊ sie will uns fast verzehren ◊ seit unser Herz das Wesen kennt ◊ dem gilt das glühendste Verehren ◊◊◊ So leb ich in den Tag hinein ◊ in Träumen die dich meinen ◊ erfühl mir das Verlorensein ◊ zur vielgeliebten Einen ◊◊◊ Lass mich bei ihr Erlösung finden ◊ oh Herr, dem alles untertan ◊ und der im Lösen wie im Binden ◊ Glückseligkeit vergeben kann.

Gossau, 4.8.1981

In solcher Nächte Sphärenmelodie ◊ hör ich das Licht der Sterne klingen ◊ und spür im Herzen wie noch nie ◊ ein unermesslich freudevolles Singen ◊◊◊ Mir ist es öffnete so reich und gross, ◊ dass ich in ihre Fülle sinke ◊ die liebliche Natur mir ihren Schoss ◊ derweil ich selig ihren Atem trinke ◊◊◊ Was sie mir spendet, glänzt wie Gold ◊ von Sternen, die vom Dom ihr Licht mir senden ◊ es blinkt so zärtlich mir und hold ◊ dass ich es fang mit hocherhobnen Händen ◊◊◊ Und sie bedenkt mich in des Herzens Senke ◊ so wie ich's immerzu ersehnt ◊ mit aller Liebe fürstlichem Geschenke ◊ des Pracht mein Aug wie Sonnenglänzen brennt ◊◊◊ So will ich trinken denn voll Dank ◊ von der Natur das Köstliche, das sie mir gibt ◊ des Erdendaseins Zaubertrank ◊ der mich mit Glückseligkeit versieht. F.

Gossau, 5.8.1981

Umhüllt vom Prunkgewand der Nacht ◊ wie durften wir uns sehn ◊ und haben uns ein Fest gemacht ◊ im innigen Verstehn ◊◊◊ Es schauten uns die Sterne zu ◊ hoch in des Raumes Hallen ◊ und da und dort ist aus der Ruh ◊ uns einer zugefallen ◊◊◊ Und wie wir lagen so verwandt ◊ im wonnevollen Strom der Zeit ◊ schwebt unser Seelenpaar ins Land ◊ der liebenden Glückseligkeit. F.

Genf, 5.8.1981

Dieses Geschichtlein entstand an jenem wundervollen Nachmittag im Walde, nahe bei Gempen. Da hast Du meine Seele vollends in Besitz genommen.

O bleib bei mir ◊ in diesen letzten Stunden ◊ und still' mit deiner Hand ◊ des Abschieds tiefe Wunden. ◊◊◊ Leg dich zu mir ◊ wenn bang die Sehnsucht fleht ◊ dann hilf mir, hilf ◊ und höre dies Gebet: ◊◊◊ Du senkst in mich der Liebe Leiden ◊ doch, wenn du mir versprichst, bei mir zu bleiben ◊ und dieses schwere Herz mit mir zu tragen ◊ dann steig ich unter Tränen lächelnd auf ◊ zu deinen Höhn, ohn' jedes Zagen. C.

Genf, 7.8.1981

Noch bin ich zutiefst erfüllt von Deinem Du, indem ich zurückschaue auf unsere Tage, die solch süsse Wonne enthalten, Symphonien zum Himmel senden, tiefstes, inniges Verstehen in unsere Seelen senkten und zugleich ernst und definitiv mein Schicksal besiegelten.

Geliebter Ludwig, Du hast mich mit Geschenken von Stunde zu Stunde nur so überhäuft, nie war ich einem Menschen je so nahe, so ganz vertrauend hingegeben, nie habe ich die Liebe, die Sterne, so gesehen. Dank, Dank, Dank. Du bist meines Herzens auserkorener König, mein wunderbarer, genialer Dichter, mein lieblicher, angebeteter Gemahl, dem ich lautere Bewunderung und Verehrung entgegenbringe.

Du hast mir von der Fülle Deiner Kräfte zuteil werden lassen, sodass mir vor der Zukunft nicht mehr in diesem Ausmasse bangen muss.

O lieber, lieber Frédéric, juble ich Dir zu, weit öffne ich mein Herz, mein Glaube an Dich kennt keine Grenzen und sicher geborgen fühle ich mich in Dir, behütet von Deiner glanzvollen, starken Seele, die sich um meine legt wie Hände, ein junges Pflänzchen vor Sturmwinden zu beschützen.

Ein Wunder ist mir widerfahren – wie soll ich's fassen, wie Dir's danken? C.

Genf, 7.8.1981

Meine Liebe ist gross wie die weite Welt!
Tausendfach fühle ich diese Tatsache, sie schmerzt unsagbar und gleichzeitig empfinde ich sie unendlich beglückend. Du hast sie entfacht, in welcher Welt, in welchem Leben??

Jetzt ruf ich zu Christus, wie Du es mich gelehrt.
„Hilf, hilf, ich sinke, ich sehne mich nach dem Geliebten. Meine Seele weint, zerschunden ist mein Herz, zermalmt vor Qualen, selbst Dein eigenes Strahlen – das Sonnenlicht – tut mir weh. Komm, hilf mir, führe mich durch dieses dunkel Tor und heiss diesen Jammer schweigen, dass ich die Freude wieder seh."

Ludwig, zart und zärtlich flüstere ich Deinen Namen und mein Erinnern tastet sich zu Dir, verkriecht sich wohlig in den Falten Deiner Seele und möchte da bleiben, bis Du das sanfte Lied des Wiedersehens singst, das mich dann unwillkürlich aus dem Schlaf hebt.

Ich fühle nur Dich und möchte sterben vor Weh und Glück. O nimm mich an Dein Herz. C.

Genf, 8.8.1981

Den ganzen Tag verbringe ich mit Musizieren. Für Dich spiele ich Klavier, für Dich, für Dich, o du, mein Alles, höre die Töne, die mein Herz den Tasten eingibt, sie schwingen durch den heissen Sommertag, flehend. Nimm sie auf bei Dir als meinen Gruss, der Dich kosend und lächelnd umwehet.

Ich träume von einem Haus im Wald, wo ich tage – und nächtelang für Dich singen und spielen und Dir lieb sein dürfte. O wie wollte ich Dich umhegen und unser Heim in ein flaumiges, warmes Nest verzaubern.

Sonntag

Ich gehe ganz auf im Lesen und Wiederlesen Deiner neusten Gedichte, von denen eines nach dem andern, auch die hilflosen, in meiner Seele Blumen ungeahnter Schönheit aufspringen lässt. Ein duftender, farbiger Garten blüht in mir und Du bist mitten drin, das zeugende Wesen, dem ich mit unendlicher Ehrfurcht die Stirne küsse.

Die Perlenkette, die Du mir um den Hals gelegt, glänzt und funkelt und ist mein geheimstes, behütetstes Kleinod.

Ludwig, wenn wir ein Kindlein gezeugt hätten, ich wäre die überglücklichste Frau der Welt. –C.

Später

Ich habe an Hagen nach Dornach geschrieben. Doch mein Herz findet nur für Dich Worte, will sich ununterbrochen nur Dir geben. Wie werd ich mich in der Welt zukünftig zurechtfinden?

Montag morgen

O Seligkeit, ein Brief von Dir. Doch sag, Du – krank – Fieber – die Seele in Wehen – bin ich daran schuld?

Ich möchte zu Dir eilen, Dich in meine Arme nehmen. Ich verspreche Dir, ich würde Dich ganz in Ruhe lassen. Frédéric, bin ich ein Barbar? Hab ich Dich so hergerichtet. Ich liebe Dich, ich LIEBE Dich. Hab ich nicht fein genug auf Dich gehört. hab ich mich zu unbändig verströmen lassen? Verzeih mir mein stürmisches Blut. Ich war so unbeherrscht. Und jetzt musst Du darunter leiden. Schenk mir Ruhe,

Frédéric, Frédéric, bitte, nur Du kannst mich zähmen. Ich geb mich Dir hin, tu jetzt was du willst.

Diese Geschichte! Sag mir noch einmal und immer wieder, dass Du mich liebst, dass wir einmal, einmal (o ich kann nur weinen) für immer beisammen bleiben dürfen. Meine edelsten Gefühle und Neigungen will ich dann unablässig über Dich ausströmen, damit wir zusammen dem Unendlichen näher kommen.

Erst ist es Montag abend, acht Uhr. Ich bin halbwahnsinnig vor Sorgen um Dich. Und da steh ich, Liebster, Liebster, hörst Du den Schrei meines Herzens? mit gebundenen Händen und Füssen und kann nichts für Dich tun. Wo bleibt die Barmherzigkeit des Schicksals, wozu lebe ich? Ich bin Dein, Dein, auf ewig, auf ewig, hörst Du? Und bin machtlos – weit von Dir.

Später

Ludwig, wir sind Mann und Frau vor Gott und dem Himmel. Wir sind uns anvertraut, um zusammen den steilen Weg zu gehen, Hand in Hand. Du hast mir dieses tiefsinnige Morgenstern-Gedicht als wie ein Morgengebet ins Herz gelegt, es enthält ein Gelöbnis; wir sind verbunden worden während der Hl. Messe und ich habe Dir versprochen, verspreche es Dir wieder, ernst und feierlich, ich werde das Gelöbnis halten, werde mit Dir Stufe um Stufe hinaufgehen und wir werden uns täglich fragen, ob wir auch alles unternommen haben, um höher zu klimmen. Auch Deine Gedichte erinnern mich daran:

„Wir müssen seinen Ruf bestehn, denn dazu sind wir auserkoren, im Sterben – und im Auferstehn.“

Ich schicke Dir ein liebes, weiches Lächeln, ein zartes Wehen meiner Hand über Deine Lenden, halte Dir meine halbgeöffneten Lippen hin und lasse meine Seele in Dich überfliessen – denn nur bei Dir ist sie daheim. So ist unser Glück vollkommen.

Ich seh Dich vor mir stehen, stolz und schön, nachts unter den fallenden Sternen – Stern Du selbst. Dein, Dein, immer. C.

Gossau, 6.8.1981

So perlt mir wieder Trän zu Tränen ◊ übers Seelen-angesicht ◊ allein sie weiss um dieses Grämen ◊ der Umgebung Auge sieht es nicht ◊◊◊ Jäh zerrissen ist das Band ◊ das uns barg in solcher Schöne ◊ hellte nicht der Hoffnung Pfand ◊ uns des Abschieds dunkle Töne ◊◊◊ Zu verzweifelt wären wir ◊ müssten in ein Nichts versinken ◊ statt dass wir im sel'gen Hier ◊ Freudenbrünnlein trinken. F.

Gossau, 6.8.1981

Unrettbar an dich verloren ◊ ist nun alles was ich bin ◊ deiner Schönheit auserkoren ◊ geb ich mich der Sehnsucht hin ◊◊◊ Die mit Flügeln mich umfängt ◊ will mir bald das Herz ersticken ◊ bald dass sich die Schwinge längt ◊ mich im Nu zu dir zu schicken ◊◊◊ Wo ich völlig dir gehöre ◊ um im schwebenden Verein ◊ himmelweiter Engelchöre ◊ dir voll Liebe gut zu sein. F.

Gossau, 6.8.1981

Diese Augen, dies Gesicht ◊ das ich in der Seele trage ◊ schön're Schöne gibt es nicht ◊ Lieblichkeit, die mich zutiefst erlabe ◊◊◊ Und mich tröste in der Zeit ◊ wo ich misse dich zu sehn ◊ tränenvolle Ewigkeit ◊ muss den langen Weg bestehn ◊◊◊ Der von Hoffnung fein gebaut ◊ die das warme Herze spürt ◊ endlich, endlich lieb und traut ◊ zur seligen Erfüllung führt. F.

2

Nur Geister sind erwählt zu schauen

Gossau, 6.8.1981

Dem Schaum des Meeres in der Nacht entstiegen ◊ schreit'st du wie eine Göttin meinem Warten nah ◊ zu einem unbeschreiblich schönen Lieben ◊ des Götterfülle keines Menschen Aug' je sah ◊◊◊ Nur Geister sind erwählt zu schauen ◊ was in zutiefst verborgnen Gründen sich vollzieht ◊ hier dürfen wir auf höchstes Wohlgefallen bauen ◊ weil uns die Blume Zärtlichkeit so wundervoll geriet ◊ Da hat sich Göttliches ins Menschensein gegossen ◊ für einen lichten Augenblick erkannt ◊ und dann für Zeiten wieder scheu verschlossen ◊ als hätt' es schon zuviel von sich genannt ◊◊◊ Doch liegt sein Abglanz mild auf unsern Zügen ◊ wenn wir uns strahlend in die Sternenaugen sehn ◊ der will sich wunderbar zu jenem Lächeln fügen ◊ in dessen Zauber wir vor Wonne schier vergehn. F.

Gossau, 7.8.1981

Karin, Karin,

oh könntest Du mich sehen, wie ich mit heisser Stirn, ein Bündel Elend, hier liege und mich nur damit aus der Verzweiflung, in der ich mich befinde, retten kann, dass ich, Dich denkend, Gedichte ersinne, um sie Dir als Geschenke der lautersten Liebe vor die Füsse zu legen.

Und immer seh ich Dich vor mir im Wesen Deiner Seele, das unaufhörlich meinen Namen flüstert, bettelt, schluchzt und schreit. Und trösten will ich Dich, indem ich voller Lieb Dir sende Ströme innigen Verstehns, die Stunden, Tage - kommen - und verwehn ◊ es ist der schweren Zeiten Gnade auch ◊ dass sie gewiss vorübergehn ◊ den Tränen folgt das Lächeln ◊ das uns freundlich wieder grüsst ◊ dem Sturm das Fächeln ◊ das uns lieb die Zeit versüsst ◊◊◊ Es ist der Hoffnung Silberreif ◊ der kühlend sich auf heisse Lippen legt ◊ oh liebens-werte Seel'

begreif ◊ dass alles was dich so bewegt ◊◊◊ Nur Weg
ist dorthin ◊ wo du einst voll Frieden ◊ ganz bei mir
wirst sein ◊ und dich glückselig mir vereinst ◊ im nie
verblühenden Daheim.
Voll Liebe, Dein Frédéric. F.

Gossau, 8.8.1981

Ich bin dir jene leuchtende Gestalt ◊ die nächtig
deiner wartet unter Sternen ◊ erhobner Arme
bannende Gewalt ◊ beschützt dich über weite
Fernen ◊◊◊ Lässt dich zutiefst im Frieden ruhn ◊ den
du wie nichts ersehnest ◊ in deines Herzens
Heiligtum ◊ wo du um mich dich grämest ◊◊◊ Halt ein,
ich ruhe schon bei dir ◊ in langen, lieben Zügen ◊ in
deiner Seele Schlafrevier ◊ es ist ein himmlisch
Fügen ◊◊◊ Dem wir uns sanfte geben hin ◊ als wie in
lichten Träumen ◊ du holde Freudenspenderin ◊ in
sel'gen Liebesräumen. F.

Gossau, 9.8.1981

Regentropfen klopfen ach ◊ monotonerweise ◊
stundenlang ans Ziegeldach ◊ auf der Regenreise
◊◊◊ Doch uns soll das nicht betrüben ◊ wenn wir
lauschen singen sie ◊ uns in nimmermüdem Üben ◊
eine süsse Melodie ◊◊◊ Die die Seele durstig trinket
◊ sich erlabend wie ◊ bis sie seliglich versinket ◊ in
der Weltenharmonie. F.

Genf, 13.8.1981

Mein lieber Frédéric,
Eben ist der Briefträger da gewesen und hat mir
Deine Gedichte gebracht. Wenn er wüsste, was da
in diesen Umschlägen enthalten ist, wieviel Feuer,
wieviel Kohle . . . Und wie mein Herzchen hüpft bei
ihrem Anblick.
  Du verwöhnst mich. Jeden Tag: Und wie Du mir
meinen Arbeitstag versüssest. Jeden Morgen

komme ich glücklich hieher, wartend - erwartend. Hab innigen Dank für Deine Allgegenwart.

Muss ich Dir noch sagen, was ich beim Lesen der Gedichte empfinde? Meine Seele fühlt sich gestreichelt, geliebt, umworben von Deiner und das Glück, das ihr so zuströmt, lässt sie selbstvergessen im Weltall schweben, schwimmen, kreisen. Aber die Gefühle sind so gewaltig, dass sie davon an den Körper abgeben muss und was tut der? Es kommt auf die Tage an. Heute lacht er, morgen weint er, schluchzt und betet, singt und öffnet sich. Er ist ein gar unbeständig Ding, aber schlussendlich findet er sich immer wieder und weiss, dass er für Dich da ist. Dann verbindet er sich aufs innigste mit der Seele und beide sitzen da, Hand in Hand, und schauen mit grossen, glänzenden Augen zu Dir hin. Mein ganzes Ich, Frédéric, liebt Dein Du, ist ein Bestandteil von ihm und müsste ohne Dich in Dutzende von Stücken zerfallen.

Du, Dichter unserer Sonnenglanzerinnerungen, unserer Hoffnungsträume, unserer Zukunftsbilder, wie bin ich Dir ergeben, und leise falte ich die Hände und schliesse Dich ganz in mein Gebet, das in mir durch den schönen Tag lebt und webt und die Zeit wie einen kristallenen Bergbach verrinnen lässt, auf dem die Blumen unserer Freundschaft tanzen. C.

Gossau, 13.8.1981

Carina, Du, Carina, wenn ich nur schon an Dich denke, überwogt mich eine Welle des Gefühls, die mich hinaushebt über alle Erdenschwere und mich in Himmeln schweben lässt in Seligkeiten ganz mit Dir, umfächelt von den Winden, die uns lieb umgeben und gestern, abends neun Uhr, stand ich so schwebend aufrecht vor Dir, mit ge-senktem Haupt, nur Deine Stirn berührend und verströmte mich voll Liebe in Dein Wesen. Es war wie ein zartes Regenbogenfarbenspiel. Es ist so viel Versöhnend- und Beständiges in diesem Fühlen, seit wir vor dem Altar die stille Flamme des Vor-Gott-Vermähltseins angezündet haben. Alle Schicksalsschwere wird schön überglänzt von ihr, und unserer Herzen Kelch ist voll von Nahrung für sie, dass sie stetig brennt, von unserer Hin-gegebenheit zu zeugen.

Ich leih Dir meinen Mund, dass Du ihn leis berührst mit Lippen der Verklärung, wie auch meine Wangen, dass Du mit den Beeren Deiner Finger drüberfährst, um jene Feuchte zu erspüren, die von Tränen sel'gen Leides rühren, das wir uns geschenkt. Es glänzt das Lächeln der Versöhnung schön auf unsern Zügen, wenn wir uns anseh'n, tief in unsere Augen schauend, tief, als fänden wir dort noch den Halt in uns, der uns dann Kraft gibt, in der Welt - oh in der Welt - zu leben. So tief sind wir hinein-gegangen in das Märchenland der Träume, spürend Wirklichkeiten, spürend uns und unser warmes Blut aufwallenden Gefühls, ein stetes Trunkensein von Lust und nie verebbendem Begehren. Wieviel begann ich Deinen Schoss zu lieben, der mich mit soviel Wärme mild umschloss und sanftem Beben. Dieser beider Flammen Licht vereinte sich so schön, zerschmolz zu einer Farbe, die schon eins war, eh' ich sie ersah. Du bist mir immer so mein eignes Wesen, ◊ dass ich Seligkeiten fühl ◊ zuinnerst mir erlesen. ◊ Wieviel Sommernächte liegen Dir im Blut ◊ die nun für mich wie aus der Tiefe neu geboren ◊ und ich bin Deiner Sehnsucht liebend gut.

Den ganzen Tag noch wollte ich, in diesen schönen Traum versunken, mit Dir plaudern, Carina, liebes Du. Es muss nicht sein, wie alles seine Zeiten hat im wohlgefügten Leben. Doch ruht die milde Wärme dieses Zwiegesprächs in mir nun durch die Stunden

vielen Tuns und ruhe auch in Dir, sowie sie Deinem
Ohr und Deiner liebverwandten Seele eingeklungen.
  Adieu, auf bald, Dich zu denken ist mir ewig ein
Befehl. Tschau, Carina, tschau, derweil ich mich in
Deinen Rosenröslein-Augen bade. F.

Gossau, 14.8.1981

Spürst du die Sanftmut ◊ namenlos in meiner Seele
◊ spürst du mein warmes Blut ◊ und das verhalt'ne
Seufzen in der Kehle ◊◊◊ Lass mich dich wiegen an
der Brust ◊ und meinen Mund an deinen ◊ wie zum
Becher halten ◊ und trinken, trinken alle Lust ◊ die du
für mich voll Schmerz zurückgehalten. F.

Gossau, 15.8.1981

Du, am liebsten möcht ich sterben ◊ eingehüllt in
deinen Schoss ◊ deine Seidenwärme erben ◊ eng
verschlungen, zärtlich, bloss ◊◊◊ Wie im Traum dir
hingegeben ◊ in der sanften Liebeskur ◊ angefacht
von deinem Leben ◊ deinen Pulsschlag spürend nur
◊◊◊ Und vom Schicksal so verwöhnt ◊ atmen wir uns
Freuden zu ◊ ganz von Seligkeit durchströmt ◊ in der
lieberfüllten Ruh. F.

Genf, 15.8.1981

Frédéric,
geschieht es Dir auch, dass Dir einfach aus
überströmender Liebe die Tränen kommen? – Ich
hab Dich tief in meinem Herzen und meine Gefühle
sind mit einer solchen Inbrunst bei Dir, ganz hingegeben, rein und schön, ruhig leuchtend, makellos,
ohne Wünsche, wenn nicht den, zu schenken, Dir zu
schenken, mich Dir zu verschenken. Nimm meine
Seele, mein grosser Geliebter, mein Lebensbaum,
mein Gemahl, König und Gott, MEIN DICHTER,
nimm sie an, sie war immer Dein, nur wusste sie es
nicht. Jetzt hat sie Dich erkannt und lächelt selig und

verträumt beim blossen Gedanken an Dich, sinkt unter in der Unendlichkeit Deines Wesens, in der Vielfalt Deiner Stimmungen, Talente, Phantasien, Tugenden und Kaprizen, die sie alle liebt, bejaht und sich nur manchmal, für Momente, die Hände vors Gesicht hält, wenn Du's gar zu bunt treibst.

Du kannst sie erstaunen, verblüffen, berauschen, bezaubern, verwundern, zärtlich streicheln: in allen Lagen ist sie zu Dir hingewandt in verschwenderischer Liebebereitschaft, in Ehrfurcht und bebendem Erwarten und dies, oh Du, ich fühle es mit grösster Gewissheit, unablässig, bis sie den Körper verlassen muss, um Dich wieder anderswo zu finden und da zusammen mit Dir die Läuterung zu erstreben, die ihr auf Erden noch nicht gelungen ist. Ja, ja, es ist wie Du sagst, unsere Seelen wohnen ineinander und ergänzen sich wundervoll; darum, liebster Frédéric, ist unser Leben Dein und mein Gedicht.

Je öfter ich Deine Gedichte lese und dem Zauber Deiner Stimme lausche, umso trunkener werde ich von Tag zu Tag ob der Schönheit Deiner Sprache, dem verhaltenen Schmerz und der Freude, die aus Deiner Seele tönen und mir so verwandt sind, als sprächest Du aus mir.

Hast Du nicht vor einem Jahr zu mir gesagt: „Unsere Liebe muss ein Kunstwerk werden." Jetzt sind wir mitten in der Arbeit, begeistert und hingegeben und streben demselben Idealbilde zu. Du wirst sehen, Frédéric, was wir zusammen schaffen, wird uns zur reinstern Freud' erstehn.

Der Abend fällt schon über die Welt. Ich bin ganz weich gestimmt, wie verschmolzen mit Dir. Ich lege meine Lippen zart und verloren auf die Deinen. So bleiben wir vereint durch die Nacht in unendlicher Verzückung und stiller Seligkeit. (Es genügt mir, die Augen zu schliessen und schon geschieht alles wirklich und wahrhaftig wie ein wahr gewordener Traum.)

Mein Herz ruft Deinen Namen in unsagbarer Liebe – hörst Du es? Frédéric, Frédéric. Deine Carina.

Gossau, 15.8.1981

Mein Leben ist ein sehnsuchtsvolles Warten ◊ darauf dass ich dich endlich wieder seh ◊ von unsres Eingeschlossenseins gar vielen Arten ◊ tut diese wohl am allermeisten weh ◊◊◊ Es ist wie eine einsam weite Leere ◊ die ich mit keiner Macht durchstossen kann ◊ da hält mich Haus und Hof und Weib und Ehre ◊ und alles was mir hohen Lebens-zweck gewann ◊◊◊ Wir dürfen das Gespinste nicht zerreissen ◊ in das uns Schicksalsfäden woben ein ◊ sonst müssten wir bald Spielverderber heissen ◊ und ewig nichts begreifen von dem weisen Sein ◊◊◊ Das uns bewusst durch Höhn und Tiefen führt ◊ um unsre wahre Grösse zu erproben ◊ bis es, als Reifgewordne, uns erkürt ◊ friedvoll zu leben unterm blauen Himmelsbogen ◊◊◊ So wie es bestens unseren Seelen frommt ◊ im freien Glücke, das wir uns errungen ◊ und das uns, seligen Erwachens überkommt ◊ derweil wir ihm ein Gloria gesungen. F.

Gossau, 15.8.1981

Du du wie ist der Morgen schön ◊ und liebreich strahlend in der Sonne ◊ sind alle Blümelein die vor mir stehn ◊ dass mir das Herze lacht vor Wonne ◊◊◊ Wie war's vor einem Jahr genau ◊ mein Täubchen, welche Seligkeiten ◊ erlebten wir auf jener Au ◊ in für uns neu gebornen Zeiten ◊◊◊ In denen wir voll Ehrfurcht stehn ◊ am Kreuzweg zweier Menschen-leben ◊ die nun zusammen weitergehn ◊ in einem einzig unverwandten Streben ◊◊◊ Das endlich zur

41

Erfüllung führt ◊ in Flügen hoch und tief ◊ in Dem der
alles sich erkürt ◊ derweil Er uns ins Dasein rief. F.

Genf, 15.8.1981

Mein Liebster,
ich fühle dich, höre Dich, denke Dein und allem was
du mich gelehrt. Ich versuche in Taten umzusetzen,
alles was wir an hohen, schönen Gedanken be-
sprochen haben. So z.B. gerade jetzt, wo Sonnen-
wärme mich durchrieselt, wo die Welt so freundlich
ist, wo rund um mich verträumte Mittagsruhe
herrscht, da leidet meine Seele am meisten. Aber da
verlange ich von ihr, sich nicht dem Schmerz so
hinzugeben, sondern sich bewusst zu werden, dass
Du ja mit ihr verbunden bist, dass sie Dich fühlen
darf, wenn sie sich nur die Mühe geben will, über ihre
Nasenspitze hinaus zu sehen, sich bewusst zu
werden, dass sie mit Dir auf einem Weg schreitet,
und dann wird sie ruhiger, beinahe froh. Sie muss
sich darin üben, mehr auf das gesteckte Ziel zu
achten, als auf die spitzen Steine, denen sie
begegnet. Langsam, langsam, Frédéric, werde
vielleicht auch ich Deinen Gleichmut erreichen und
mein Fleisch und Blut soweit im Zügel halten, dass
der Geist über sie herrscht. Und wenn ich traurig bin,
so sage ich mir, dass diese Traurigkeit ein
Bestandteil unseres Glückes ist und dann schau, wie
die ganze Welt sich plötzlich verwandelt.

Genf, 16.8.1981

Dimanche
Ein blasser Sonnenstrahl fällt auf den Schreibtisch;
ich fange ihn auf in meinem Herzen und träume,
träume. Was Du wohl tust, jetzt? Vor drei Wochen
sassen wir bei Herrn Hagen im Goetheanum, Hand
in Hand, und schlürften seinen Geist und delikaten
Witz. Abends genossen wir Goethes Geist, der auf

der Dornacher Himmelhöllenbühne herumspukte und klatschten uns in die nackten Füsse. Wie muss sich Mephisto ins Fäustchen gelacht haben!

Im Zeitlupentempo ziehen unsere herrlichen Tage an mir vorbei. Da und dort packe ich ein Geschehnis, halte es fest und lasse es in seiner ganzen Macht und Schönheit gewaltig wieder aufsteigen. Dadurch trittst Du mir in Wirklichkeit gegenüber; ich kann Dich sehen, greifen, hören und empfinde reinste Freude oder Schmerz wie beim ersten Erleben.

Seit Du in meinem Leben leuchtest und wirkst, ist meine seelische Einsamkeit viel, viel geringer; sie existiert eigentlich nur noch da, wo ich mich nicht zu Dir hinfühlen kann, z.B. in lärmiger, oberflächlicher Gesellschaft. Aber das kommt immer seltener vor, meistens bin ich eingebettet in Dir, umrankt von Deinen Zweigen und Blättern, wohlbehütet im Schatten „meines Baumes" mit dem ich für alle Zeiten verwachsen bin.

Es bewohnt mich seit einiger Zeit ein neues Bewusstsein: Frédéric, wir wissen um ein Leben der Seele zwischen Tod und neuer Geburt. Wir wissen auch, dass wir noch andere Erdenleben hinter uns haben (und auch vor uns). Nur ist meistens das Erinnerungsvermögen ungenügend, um eine Seele bewusst wieder zu erkennen. Glaubst Du nicht, dass dies in Deinem und meinem Leben jetzt, gerade jetzt, anders ist? Sind wir nicht beinahe sicher, uns schon einmal begegnet zu sein? Und sind wir nicht berechtigt, mit aller Wahrscheinlichkeit anzu-nehmen, dass unsere beiden Seelen sich wieder-erkennen? Könnte man das nicht „das Gedächtnis der Seele" nennen? Man findet es bedauernswert, dass normalerweise ein solches Erinnern nicht möglich ist. Aber ich vermeine zu glauben, ohne zu behaupten, mich Deiner zu erinnern – Dich lieb und warm und bekannt wieder zu erfühlen. Ist das möglich? Oder würde Steiner sagen: „Das ist nun Spintisiererei". Was sagst Du?

Beinahe Mitternacht

Beethoven's Mondschein-Sonate. Sanfte, sanfte, leise, leise entlocke ich dem Klavier die Töne, aber Du spielst durch mich, Frédéric, jeder Akkord ist ein verhaltener Schrei. Siehst Du, jetzt streit' ich wieder mit dem Schicksal und habe gar keinen bestimmten Grund dazu. Warum – warum? Deine Hände gleiten über die Tasten, aber meine Seele weint und blutet.

Lang sind die Nachtstunden ohne Dich und schmerzlich diese Musik - - ich sehe: ein Kreuz, weiss, lebendig, unter Sternen, hell im Dunkel, oh. C.

Genf, 17.8.9181

Wie hast Du mir gefehlt. Ich war von Festen, Tanz und lautem Lachen umgeben und doch so allein – allein.

Der Feuerball der Sonne steht im Osten; ich ziehe meine Flügel an ... und Du? C.

Genf, 17.8.1981

Frédéric, ich kann nicht schlafen. Meine Gedanken sind jetzt zu Dir gekommen, nachdem sie stundenlang im Dunkel lagen. Es gibt Momente, in denen ich mich vor der Zukunft fürchte, wo alles so schwarz und verschwommen ist.

Und plötzlich erscheinst Du mir. Du bist einfach da, holst für uns den Himmel auf die Erde.

Was Du aufs Band gesprochen, vibriert in den heitersten Schwingungen in meinem Innern. Wir sind Vermählte vor Gott. Ist das nicht beinahe des Glückes zuviel? Schau, jetzt huscht schon wieder die Sonne über mein Gesicht. Innigst, Deine Carina.

Genf, 18.8.1981

Mein liebster Frédéric,

ich habe lange über unser Gespräch von heute morgen nachgedacht, wobei mir immer Dein warmes, liebes Wesen nahe war.

Frédéric, ich bin Dir wirklich dankbar, wenn Du immer alles erwähnst was irgend einen Schatten über uns werfen könnte, und auch ich werde das immer tun.

Nun, wenn Du Dir meine Briefe in Erinnerung rufst, vor und seit Dornach, dann sind sie doch ein mehr oder weniger ausgewogenes Bild zwischen Geist und Sinnen, wobei die Seele – so wie ich es empfinde – unbedingt den Vorrang hat. Ich glaube nicht, dass bei mir grundsätzlich das Körperliche dominiert, wobei ich natürlich mit meiner ganzen Wärme und Sinnlichkeit zu dir hin dränge, weil wir uns ja so selten physisch nahe sein dürfen und ich grosse Sehnsucht nach Deiner Berührung und Vereinigung mit Dir habe. Und wenn wir uns dann sehen, muss sich all das aufgestaute Sehnen ausleben, in Dich hineinströmen und das ist doch auch wichtig und ganz normal und naheliegend, oder nicht?

Wenn ich Dir nun noch von meinen momentanen Qualen spreche, so sind diese oh wie reell, aber gehören sie nicht auch Dir an? Du bist ja ihr Verursacher! Sie sind eine Folge meiner unbegrenzten Liebe zu Dir. Ich empfinde sie – und sie existieren – nur im Zusammenhang mit Dir; nur Du kannst sie mir stillen. Also veredle ich sie, indem ich sie Dir aufopfere, geduldig wartend. Und sie entspringen meiner Seele, die nach Dir ruft und die Dich ganz und uneingeschränkt erfassen möchte. Deshalb sind auch Deine Befürchtungen unbegründet, Du, Lieber, unser gemeinsames Leben könnte als Hauptpfeiler die körperliche Liebe haben.

Oh nein, Frédéric, nein, nein. Das wäre mir ein sinnloses Leben und unseren Idealen unwürdig. Sicher würden wir eine zeitlang wie verhungert voneinander essen, aber dann käme eine wundervolle Ruhe, Helligkeit und Klarheit über uns, die uns dann endlich zusammen hinauftragen würde, Tag um Tag, dem Unendlichen entgegen, nach dem wir uns Beide so sehnen.

Frédéric, versteh' mich richtig: (und hier hab ich Dich gefühlt und in meiner Seele Dein Bild gemalt, bis diese Beschreibung von Dir entstand) Du erscheinst meinen Vorstellungen und Gefühlen als das kostbarste, reinste, zarteste und fragilste Gebilde, eine warme, helle Flamme, deren versunkene Hingabe an das Göttliche mich von Anfang an gefesselt, eingehüllt und mit in die Höhe gezogen hat.

Dein Ruf nach Innerlichkeit ist an mich ergangen und hat mein ganzes Wesen ausgefüllt. Mein Leben findet in Dir, Deinem Geiste, Deiner Mystik, Deiner Poesie und Phantasie seinen Sinn und Inhalt und ich kann nicht anders, als begeistert Dir dahin folgen, wo Dein Schritt geht.

Dazu bin ich seit jeher Deine Frau, zu diesem Zeitpunkt unserer Existenz mussten unsere Wege zueinanderführen, wurden wir einander anvertraut. Und dies hat nichts mit „Zufall" zu tun und auch gar nichts mit körperlicher Liebe. DAS IST UNSERE BESTIMMUNG.

Jetzt stehen wir da vor Gott, noch am Anfang, aber voll guten Willens und mit vielen Gaben ausgerüstet und wollen nun gemeinsam, Du und ich, nach Vollkommenheit streben, so wie wir es uns still versprochen haben, wobei ich immer Dein Glück und Wohlbefinden vor meines stellen werde. Das ist mein erstes Gebot, Frédéric, und ich weiss, dass wir unser

Ziel erreichen werden, weil Du alles richtig lenken
wirst.

Ich lege mein ganzes, grosses Vertrauen Dir zu
Füssen; schenk mir auch Deines. In Liebe, Carina.

Gossau, 18.8.1981

Carina, jedes Gespräch, jede Berührung, und wenn
es auch nur unsere Stimmen am Telefon sind, ist
wieder anders, ganz neu, je nachdem, wie wir
gestimmt sind in unserem Gemüt, und deshalb
reagieren wir auch so verschieden auf den Anruf
unseres Gegenübers. Du hast mich gefragt, wie Du
mir gefällt in Deiner braunen Nacktheit und zugleich
mit dieser Frage bist Du mir genauso gegen-
übergetreten und mein Blut ist warm und selig
geworden von Deinem Anblick, dem Anblick einer
Fee, die in mein Leben getreten ist in vollendeter
Schönheit. Es ist mir auch wieder der Gedanke in
den Sinn gekommen, den ich Dir mitgeteilt habe,
nachdem Du am frühen Morgen hinter einem
Gebüsch verschwunden bist und ich Dich mit hoch
erhobenen Armen erwartet habe, und wie Du dann
auf mich zugeschritten und dann gesprungen bist
und mich umarmt hast. Kurz darauf habe ich Dir
gesagt: Du sollst Dir jetzt vorstellen, ich sei ganz
allein hier oben gestanden und Du wärst überhaupt
nirgends gewesen und dann wärest Du plötzlich aus
dem Nichts aufgetaucht, mitten in der Nacht unter
den Sternen in wundervoller Nacktheit. Ein Bild, von
dem ich geträumt habe, jahrelang, bevor ich Dich
gekannt habe, welches alle Sehnsucht der Natur in
sich schliesst. Und genau dieses Bild hat sich nun
erfüllt und ich habe Dich in mein Zelt hineinführen
dürfen und ich habe gewusst, dass Du mir geneigt
bist und dass wir einander umarmen dürfen, voll
Liebe, voll Zartheit und Zärtlichkeit und doch auch
mit einer unendlichen Hochachtung und Scheu

voreinander, in der Ahnung von der wahren Grösse und Heiligkeit unseres Wesens.

Es ist mir vor ein paar Tagen einmal ganz deutlich vor den Augen gestanden, was wir zu erringen haben. Die Idee ist eigentlich ganz einfach: Derweil wir hier auf der Erde weilen, können wir und sollten wir und müssen wir unser Liebesverhältnis in der Ewigkeit vorbereiten. Und das bedeutet nichts anderes, als dass wir uns überlegen müssen, wie wir uns gern haben können, ohne, dass wir einen Körper besitzen. Stelle Dir das einmal vor. Das ist etwas was absolut sicher ist, dass wir uns einmal als geistige Wesen gegenübertreten werden und dann wissen, dass wir uns gern haben. Und dann wird unsere Liebe das reinste Gefühl der Seligkeit in uns erzeugen. Wir können uns auch auf eine gewisse Weise umarmen, noch viel inniger, als dies auf Erden möglich ist, denn unsere Seelen vermögen sich gegenseitig zu durchdringen und können ganz ineinander hineinschlüpfen. Und dieses Gefühl, des Ineinander-Wohnens ist so etwas Wunderbares. Und davon haben wir schon jetzt eine Ahnung, wir spüren, wie wir ineinander wohnen und mit der Zeit dürfen wir lernen, dass dieses Gefühl, wenn es innig und inniger wird, uns vollkommen genügt.

Hier auf dieser Welt besitzen wir unseren Körper als ein Geschenk und die Gefühle, welche er erzeugt, sind auch ein Geschenk. Aber das Gesetz der Liebe ist reines Verschenken. Und dort, wo wir uns umarmen und die Gnade haben, uns in reinem gegenseitigen Verschenken zu umarmen, dort erleben wir die allerhöchster Freude. Und nach diesem Uns-Verschenken, nach dieser Hingabe ist uns auf wundervolle Art der Hunger unseres Körpers gestillt worden, sodass er kein Verlagen mehr hat nach mehr. Dann ist hoher Mittag und die See der

Seelen ruht in vollkommender Eintracht und in vollendetem Genügen.

Unser gemeinsames Leben mündet in vollkommende Harmonie, in einen Tagesablauf von Meditation, künstlerischer und schöpferischer Tätig-keit, in ein sanftes, zärtliches Sich-Lieben in wunderschöner Hingabe in Minuten und Stunden, Tagen und Nächten, im Sonnenschein und dem feinen, monotonen Regengetropfe, im Zauber der Seligkeit, der uns umschliesst und behütet unter dem Zelte der Ewigkeit, welches über uns wacht.

Das wird ein ununterbrochener Reigen von Schönheit und Minne, ein Leben als Gedicht vor dem Antlitz der Götter.

O Carina, und wir sind schon mitten in diesem Gedicht, in seinem Zauber, im Erwachen unserer wahren Grösse und Herrlichkeit.

Ich lege diese Worte in die Schalen Deiner Hände, als Perlen für das Halsband meiner Königin und Du benetzest sie mit einer warmen, liebevollen Träne.

Adieu, adieu mon amour, je t'aime, je t'aime dans l'immensité de mon âme. F.

Gossau, 18.8.1981

Tief in deinen Blick versunken ◊ lass ich dich das Rätsel schaun ◊ meines Seelenbilds, von dem du trunken ◊ fällst in der Verzaub'rung Traum ◊◊◊ Mehr als ich selbst erkennen konnte ◊ findest du in zweier Augen Tiefen ◊ soviel Glück, das dich besonnte ◊ derweil dir deine Herzensschläge selig meinen Namen riefen. F.

Gossau, 20.8.1981

Nun lieg ich hier ◊ ein Sehnsuchtsbündel ◊ das mit allen Fasern schreit nach dir ◊ wie hab ich doch versucht ◊◊◊ Die Sinne abzulenken ◊ voll Fleiss ◊ und mir Dein Bildnis nicht zu denken ◊ nun sind sie mir Beweis ◊◊◊ Wie tief verbunden ich dir bin ◊ und ganz umwunden ◊ von der schönen Karin ◊◊◊ S' ist ein unstillbares Weh ◊ das mich durchzieht ◊ und wenn ich's recht beseh ◊ wohl nimmer flieht ◊◊◊ So kann ich nur gesunden ◊ wenn ich für immerdar ◊ dein Nahsein hab gefunden ◊ und wär's nach hundert Jahr. F.

Gossau, 20.8.1981

Still lausch ich in die Nacht hinein ◊ mit grossen, dunkeln Augen ◊ was ist es denn, so ganz allein ◊ was mir den Schlaf will rauben ◊◊◊ Mein Herzblut pocht gar bangen Klang ◊ mit jedem schweren Schlage ◊ in langgedehntem Bittgesang ◊ der allertiefsten Klage ◊◊◊ Es ist die Liebste die ihm fehlt ◊ ihr Götter gebt Erbarmen ◊ ihr habt sie ewig ihm erwählt ◊ zur Ruh in sel'gen Armen. F.

Genf, 21.8.1981

Ich fahre im Auto zur Arbeit und plaudere mit Dir im Opernstil. Ich wünsche Dir einen schönen Morgen, einen guten Tag nach der Melodie einer Mozartsonate. Die Welt ist so weit wie mein Herz. Es hat geregnet, aber auch so gefällt mir die Natur. Es ist als hingen Tausende von fröhlichen Tränchen an den Grashalmen. Dort steht „mein Pferd" mit seinem Füllen. Mutter und Kind. Das Kleine hat jetzt zum erstenmal Regen gesehen. Es wurde inmitten der grossen Sommerhitze geboren.

Neben mir liegt ein Brief für Dich. Damit er nicht so trocken reisen muss, habe ich vor dem Weggehen im Garten noch schnell eine kleine Sonnenblume gepflückt. Sie liegt jetzt auf ihm und erzählt ihm Geschichten aus der Nacht im Garten.

Ich kann nicht aufhören mit Singen. Mein Herz ist so froh heute und so ganz bei Dir.

Jetzt werf ich den Brief in den Kasten. Eine schelmische Idee geht mir durch den Kopf. Wenn ich jetzt hinten einen roten Kuss daraufdrücken würde. Nein, wir wollen nirgends unfreundliche Gedanken erwecken. Und jetzt sitze ich an der Maschine und warte bis das Telefon klingelt.

Lieber, Du, komm sing und tanz mit mir durch den Tag, durch die Nacht, durch den Tag. Wo steht denn das? Durch den Tag, durch die Nacht, durch den Tag . . . Rilke ... Reiten, reiten, reiten . . . Und der Mut ist so müde geworden und die Sehnsucht so gross . . . reiten, reiten, reiten. Aber das ist für morgen. Heute scheint die Sonne, obwohl's regnet. C.

Gossau, 22.9.1981

Nur eine Decke hüllt uns ein ◊ da wir beisammen lagen ◊ uns unter Sternen gut zu sein ◊ die wachend unser Schicksal tragen ◊◊◊ Und wie wir waren lieb gesellt ◊ so fühlten wir umschlossen ◊ uns von der Harmonie der Welt ◊ in die wir eingegossen ◊◊◊ Für Stunden blühte uns das Heil ◊ in losgelösten Seelen ◊ am samtnen Himmel durft derweil ◊ das Aug das Heer der Sterne zählen ◊◊◊ Und schliefst du mir zur Seite ein ◊ verlangten deine Arme ◊ selbst noch im Schlaf bei mir zu sein ◊ dass alles sich erwarme ◊◊◊ Was dir in Träumen hold erschien ◊ der süssen Lieb geweiht ◊ vom tiefen Herzensgrund ◊ bis hoch zur Sternentraulichkeit. F.

Gossau, 23.8.1981

Nun spür ich, dass du jederzeit ◊ wenn ich dich innig rufe ◊ zur sel'gen Antwort bist bereit ◊ erreichend jene Stufe ◊◊◊ Auf der das Herz zum Herzen spricht ◊ wo es auch immer sei ◊ in einem ewigen Gedicht ◊ von zarter Liebelei ◊◊◊ In der es selbstvergessen schwebt ◊ und weint und lächelt still ◊ und süsser Träum Lust erlebt ◊ im reizenden Idyll. F.

Es erscheint mir wie ein Wunder, dass ich heute abend allein zu Haus sein darf, und sogleich mach ich mich dahinter, zu Deiner Melodie die Gedanken zu vollenden, die ich schon so lange Zeit vordem begonnen hatte. Da stand schon geschrieben: Klare Nächte, wunderschön, sieh die Stern' am Himmel stehn, strahlen Dir ins Herz hinein . . und heute schrieb ich weiter: Schau den Mond ob jenen Höhn. Dann fühlte ich die hohe Schwingung, die Deine Seele fast zum Zerspringen brachte und ich schrieb: Schwingt die Seele wie Kristall - Sternenschnuppe vor dem Fall, singt ihr Lied vor dem Verglühn, taucht dann in den Äther kühn - und wieder, als wäre und würde nichts geschehn: Klare Nächte wunderschön, sieh die Stern am Himmel stehn - und dann so etwas wie ein Akt der äussersten Verzweiflung und Schönheit zugleich: Einer muss, vor Liebe glüh'nd, vergehn. Und ich poche mit derselben Wucht wie Du auf die Tasten, um durch sie alle Inbrunst, allen Schmerz und alle Sehnsucht hinauszuschreien in den Raum der Welt, tief, nächtig unter Sternen.

Schon sehe ich wie Du, unter die Decke verkrochen dies' Tonband hörst und wieder hörst wie eine Verhungernde, der solche Gabe Nahrung ist für Zeiten und für Ewigkeiten. Ich komm zu Dir und bin nicht nur die Stimme aus dem Apparat, nein, bin Dir Stimme aus dem Mund, dem warmen, der Dich, stumm geworden, leis berührt und zu mir führt, zu heissen Armen, die Dich nun umfahn und einem Herzen, das mit jedem Schlag Dir Liebe singt und holde Traulichkeit verbreitet, derweil Deine Hand mich sanfte, sanfte übergleitet. Lieben, träumen, entzücken dürfen wir, Karin, welches Wunder, welche Zier. So fein, so zarte hütest Du mich in

Verschwiegenheit, was wir uns schenken, ist der Seelen Einigkeit, ohne Bedenken.

Ich möchte vermeiden, dass beim Anhalten des Tonbandes ein beirrendes Geräusch entsteht und so lass ich das Maschinchen laufen und träume einfach vor mich hin. Auch wenn ich nichts sage, denke ich ununterbrochen an Dich und so spürend, wie Du mich denkst und denkend siehst mit Augen Deiner Seele, bin ich selig, glücklich, dass ich bin. Und meine Seele fühlt sich wie umfangen von der Deinen und umhüllt und liebgewonnen. Oh Du - - ich könnte weinen, so sehr bin ich erwärmt, durchglüht, als wie von tausend Sonnen und weiss, Du bist so mein, wie nie ein Mensch mein war oder je sein wird durch all die Jahr. Das ist es, was uns glücklich macht und ist mit uns noch glücklich ein Stück Universum, ist die Seele Gottes, glücklich mitten in dem vielen Hader, dass sich breitet aus das Glück, das wir uns schenken, eine Blume des Entzückens, des Verstehns, ein Zeichen lautrer Schönheit, unter Sternen, die wir zwar nicht seh'n, doch ahnen. Und wenn wir dann zusammenkamen, in der Nacht, im Feld, die Augen in den Raum erhoben, die Sterne sehn dort oben, welche Pracht und welche Nacht, durch uns verzaubert und verschönt. Oh Du --- mir ist, ob Deine Lippe stöhnt --- vor Sehnsucht --- vor verhaltnem Weinen - - was kann ich tun? Ich weiss, ich küss die Deinen und Du wirst verstehn, wie sehr auch meine Seele brennt und glüht - verglüht, zu Dir, zu Dir und weiss sich manchmal kaum zu halten und zittert in verschlungnen Falten. Zu Dir, zu Dir - will alles in mir eilen und mit Dir jede Stunde teilen. Oh Schmerz, noch kann es nicht so sein und doch und doch, bist Du für ewig mein. Karin - Du - ich - die ganze Welt - in einem Schaun und Du und ich, ein einz'ger Traum und doch ein Wachen - ein Er-wachen, das uns selig, glück- und friedevoll muss machen.

Nun lebe wohl, mein' Herzensschöne. Es leiten dich der Worte Töne hinüber in das Reich der Nacht, des Schlafens unter treuer Wacht. Lass dich benedeien von mir. Im Schutz des Allerhöchsten sollst du ruhn und mit mir, unter selbem Himmel - eine wunderschöne Blum - den neuen Tag erwarten. Auf ewig blühst du so in meinem Garten. Ich darf dich darin sehn und bist du fern, so weiss ich doch, ich hab dich gern, mein Liebchen, so gern und du bist fein und lieb zu mir, wie du es willst und ich zu dir, wie's uns die Sehnsucht will befehlen.

So lass uns denn - zwei treue Seelen - in eins verschlun-gen, selig sein. Ja, ja, ich weiss, nun sind wir immer, immerfort bei uns und auch bei Gott daheim.

Adieu, adieu, träume, liebe, ströme, glühe, atme, lächle, weine für mich. Dasselbe tu ich immerdar für dich. So sind wir eins in allem, eins und so willst du mir ganz und ich dir ganz gefallen.

Die Liebe spricht aus unsem Mund, aus unsern Augen, in einem grossen, schönen Glauben an Den, der sie geboren hat in uns, an den wir sind verloren. Lass uns wandern Tag und Nacht, vorbei an vielen andern. Doch wir sind auf hoher Wacht und gehen nach dem Stern, der uns zu Häupten fern - so fern uns leitet, bis wir endlich finden unser Ziel.

Wo ist es? Dort im Schloss von hundert Linden, im Märchenhain, den uns die Phantasie erbaut und den wir in der Seele längst geschaut. Es ist ein Wunder, wie vor uns entstanden ist ein Weg und eine Brücke, die wir fanden und traten ein im Märchen, alles für uns offen, wir zu zwein. Und lautre Stille, nichts, als eines Brünnleis leises Plätschern und dann ein Stübchen, Säle, Küche, Türmchen, was wir immer wünschten. Nicht verwunschen, nein, so vor uns, rein, und wir - fortan - in dieser Seligkeit daheim.

Bonne nuit, bonne nuit, mon amour, je t'aime, bonne nuit.

Ich ruhe auf Deinen Lippen, ruhe auf Deiner Brust, Carina. Sei getrost und lieb, so lieb liebkost vom Frédéric, bonne nuit, tschau, tschau, tschau. F.

Genf, 26.8.1981

Ist es ein Traum, ist es Wirklichkeit? Deine Stimme klingt an mein Ohr, Deine Stimme, wie ich sie noch nie vernommen. Eine Stimme, weltvergessen, die weder Zeit, noch Raum, noch Dinge kennt, die Himmel und Erde zu sprengen vermag, eine Stimme, die nur Liebe, Hingabe, verinnerlichter Geist ist, die von selbst spricht, aus dem Urquell der natürlichen Intelligenz und höchster, gereiftester Seelenwärme perlend.

Sie reiht Wort an Wort, Liebkosung an Liebkosung, küsst und streichelt meine Seele in einem fort, selbstvergessen, sodass diese aufschluchzt in hingegossener Sehnsucht, in ganz ungeahnte Höhen schauend, sich aufrichtend, lauschend, ganz Ohr, dahin, wo dieses Liebeslied von seltenster Schönheit erklingt.

Wie tief hast Du meiner Seele innersten Kern erfasst und wie glücklich – oh gäbe es doch dafür tausend neue Worte – machst Du mich, indem du erkannt hast, dass ich auf ewig Dein bin, geboren für Dich, wiedergeboren aus Dir. C.

Genf, 27.8.1981

Das Märchenschloss, von dem Du mir erzähltst, besteht, wir leben darin, zur Zeit in unseren Träumen und Wünschen, die aber wirklich Gestalt annehmen, wenn wir nur wollen.

Dieses Schloss, ich sehe es täglich, es existiert irgendwo und wenn wir glauben und vertrauen und WARTEN können, wird es einmal unser sein. Kannst

Du Dir diese Seligkeit vorstellen, Frédéric, ein Daheim für uns, und wäre es ein armes Hüttlein im Wald oder auf dem Feld, es wäre das prunkvollste Schloss. Die Liebe würde aus den Fensterchen leuchten, das feine Räuchlein im Kamin käme aus unseren warmen Herzen, die Blumen im Gärtchen wären die vielen wundervollen Gedichte, die Dir entspringen, der Vögelein Gesang und Jubilieren wären die Melodien, die ich Dir auf dem Klavier spiele und die unzähligen Lieder, die wir zusammen singen. Zur Mittagsstunde dann, wenn die Sonne heiss vom Himmel brennt und die ganze Natur, Blumen, Teich, Libellen, Insekten, Spinnchen und Gräser, Käfer, Sträucher und Mücken sich in der Wärme wiegen, lautlos und verträumt, wenn nichts mehr auch nur noch zu atmen scheint, weil Gottes Hand über seiner Schöpfung liegt, müssten auch Ludwig und Karin schweigen, versunken in hohe, reine Gedanken der Götter und wir dürften unsere Seelen anfüllen mit Kraft und Geist und Licht, wortlos, uns kaum berührend, und doch im Innersten sich der Nähe des andern bewusst, um nachher uns gegenseitig wieder zu überhäufen mit all dem Reichtum, den wir so geschöpft.

Es wird keinen Alltag mehr geben, Frédéric, denn alle weltlichen Sorgen werden uns nur noch Zweck und Mittel sein, immer vollkommener zu werden. Wir werden lernen, uns über sie zu erheben und in allem die weise Führung höherer Mächte zu erkennen. Siehst Du, das schönste Schloss wartet auf uns und – um Deine Worte zu gebrauchen – und wär's nach tausend Jahr.

Mit pochendem Herzen empfange ich täglich Deine Briefe. Die letzten Gedichte sind wieder unbeschreiblich – jedes auf seine Art. Dank – Dank
Deine Carnina.

Gossau, 29.8.1981

Das ist der Freudentage Preis ◊ dass wir in sehnsuchts-vollem Warten ◊ auf unsres Lebens langem Gleis ◊ uns Kummertränen nicht ersparten ◊◊◊ Die flossen aus der Seele Qual ◊ und ungeduld'gem Fragen ◊ wann wird das Schicksal noch einmal ◊ uns lieb zusammentragen ◊◊◊ Dass wir in kostbar schönen Stunden ◊ zum Paar vereint Verliebte sind ◊ die für sich alles Glück gefunden ◊ das man im Liebeshimmel findt. F.

Gossau, 29.8.1981

Noch wach mein Herz ◊ es will mir scheinen ◊ du leidest Ach und Schmerz ◊ in stillem Weinen ◊◊◊ Was schwebt dir vor ◊ es ist so schön ◊ sehnsücht'ger Tor ◊ auf Liebeshöhn ◊◊◊ Nicht zu erreichen ◊ fern die Maid ◊ gib ihr ein Zeichen ◊ der Traulichkeit. F.

Genf, 31.8.1981

Lieber, Lieber, Lieber, Du, Du, Du, Du,
Und wieder darf ich Dich hören, Du sprichst, derweil Du mir Deine Seele öffnest, wie kaum ein Mensch ausser Dir dies tun kann. Du lässest mich teilhaben an Deinem ganz geheimen Leben, Denken und Wirken und indem ich Dir lausche, betrete ich mit Dir den steinigen Lichterweg der Meditation. Währenddem der „anatomisch-technisch-prakti-sche Aspekt" mich weniger berührt, ist die rein seelische Inanspruchnahme umso gewaltiger.

Du führst mich vor die Welt des Geistes, die ich jetzt ahnend, fühlend mit Dir erleben darf, gefesselt von ihr auf alle Zeiten. Un non-retour à tout jamais. (Ohne jede Wiederkehr).

Und ich bin glücklich zu sagen – und von grosser Dankbarkeit bewegt – dass ich Dir mit einiger Leichtigkeit zu folgen vermag, die Regionen der

Götter waren meiner Seele immer lieb und sympathisch und in keiner Weise fremd. (Könnte das aus einer früheren Inkarnation stammen.)

Frédéric, ich sehne mich danach, einmal mit Dir durch den Äther zu fliegen, diesen Wesenheiten, die uns so wohlgesinnt, entgegen.

Ich verbinde mich häufig in Gedanken – oder in Abwesenheit von Gedanken – mit der übersinnlichen Welt, jedoch muss ich von Dir noch alles lernen: meine Meditationen sind nicht von derselben Qualität. Aber sie führen mich immer zu Dir und lassen mich Dich finden, da wo ich Dich suche. Das ist wohl nicht ihr Zweck; ich bin aber glücklich so; mein einziger Wunsch ist ja, mit Dir harmonisch vereint zu sein.

Es ist auch ein starkes Erlebnis, Dich im Dialekt sprechen zu hören (auch wenns für die Nieder-schrift eine Nussknackersuite darstellt.) So bist Du mir gegenwärtig, wir sind im Gempener-Wald, o Frédéric, wo Du mich mit tausend Liebkosungen UND Speerstichen durchdringst, meine Seele abwechselnd zum Lachen und Weinen bringst und sie Dir ganz anheim gefallen ist in Bewunderung, Ehrfurcht, Tränen, Liebe und Schmerzen.

So ist es jetzt wieder, heute, indem Du mir im Detail Deinen Tagesablauf erzählst, bei Dir zu Hause, sodass ich ihn miterlebe, als wäre ich anwesend. Hast Du einmal nachgedacht, lieber Frédéric, wie ich da in verlorenen Stunden zähneknirschen muss?

Wie Du weisst – wissen musst, die höchsten Gefühle erlebe ich durch Dich und sie werden täglich intensiver. Auch mir bangt manchmal ...

Das ist ein Mitternachtsbrief – ich bin müde – und ich küsse Dich auf die geschlossenen Augen . . . A demain C.

Gossau, 30.8.1981

Ein Herze das so einsam lebt ◊ in liebelanger Zeit ◊ still den Vermählungsschleier webt - ◊ wird er zum Tag bereit? ◊◊◊ Der strahlend einmal kommen mag ◊ es weiss nicht wann und wo ◊ dass es vor Kummer nicht verzag ◊ und nimmer werde froh ◊◊◊ Es lauscht ein Herz in banger Zeit ◊ wann dämmert ihm ein Licht ◊ webt leis an seinem Totenkleid ◊ mit Tränen im Gesicht. F.

Gossau, 30.8.1981

Oh lass mich weinen, weinen ◊ wie würd ich doch so gern ◊ der Liebsten mich vereinen ◊ die unerreichbar fern ◊◊◊ Wie wollt ich fein sie herzen ◊ und voll der Zärtlichkeit ◊ wohl unter hundert Scherzen ◊ versüssen ihr die Zeit ◊ Es ist zutiefst ein Leiden ◊ das mir die Seel betrübt ◊◊◊ doch wird im langen Scheiden ◊ die Treue noch geübt ◊◊◊ Die in der Fern lässt glänzen ◊ ein allversöhnend Licht ◊ sie muss die Lieb ergänzen ◊ zum strahlenden Gedicht. F.

Gossau, 11.9.1981

Oh Du, meine liebenswürdige Freundin ◊ was wär mir die Welt, wenn ich Dich nicht kennte: ◊ eine Vielfalt des Schönen, die verwirrt ◊ ein Hierhin und Dorthin, das die Sinne lockt ◊ eine Fülle von Früchten, die selbst in ihrem Übermass die Sehnsucht des Herzens nicht zu stillen vermögen ◊◊◊ Doch seit ich Dich kenne, ist Ruhe im Sturm ◊ die Gedanken finden ein Ziel - Dich ◊ Du Glückliche, geboren zu sein ◊ lächelnder Liebreiz in den Armen der Mutter ◊ Wirbelwind mit dem Schulsack am Rücken ◊ Holde Unschuld, die ersten Blüten zarter Liebe im Haar ◊ Du, wachsende Schönheit, zunehmend wie der Mond in klaren Nächten und wie die Sonne auf sommerlicher Bahn ◊ Geniesserin

aller Vorzüge, die das Leben bietet ◊ Schwester der
Heiterkeit, Traumbild der vielen ◊ Madonna im Meer
◊◊◊ Du bist in Jahren und Leben gereift zu dem was
Du bist ◊ die Güte des Schicksals nahm Dich zur
Hand und führte Dich, mir zu begegnen ◊◊◊ Oh
Wunder und Wandlung, erhab'nes Geschenk ◊ Nun
weiss ich wohin und wozu ◊ Die Welt -oh ich staune-
die bunte, verlockend verwirrende ◊ ist mir zum
Brautkleid geworden für Dich ◊ das Dein Wesen im
Glanze umhüllt ◊ und in unsäglicher Schöne mir
leuchtet und strahlt. F.

3

Fahr ich leis dir übers Haar

Gossau, 13.9.1981

Die Gefühle, die ich zu dir hege ◊ sind so mächtig, rein und gross ◊ dass ich ganz in ihnen lebe ◊ und dich immerfort liebkos ◊◊◊ Ständig fliesst ein Strom der Güte ◊ deinem sehnsuchtsvollen Herzen zu ◊ wie ein zärtliches Behüte ◊ dich zu trösten liebes Du ◊◊◊ Dich in deines Kummers Wehen ◊ aufzuheben wie ein Kind ◊ lächelnd in die Augen sehen ◊ dass sie balde trocken sind ◊◊◊ Fahr ich leis dir über's Haar ◊ über Wangen, zarten Mund ◊ bannend aller Welt Gefahr ◊ dass du allsogleich gesund ◊ Gehst mit mir in Himmel ein ◊ selig träumend dies: ◊ ewig, ewig bin ich dein ◊ im süssen Liebesparadies. F.

Gossau, 13.9.1981

Was ich dir zum Trost bereite ◊ ist so fein ein Kräutertee ◊ der mit deinem Übel streite ◊ und mit allem Jeminee ◊◊◊ Dass du trinkend schon genesen ◊ und von Wohligkeit durchströmt ◊ so als wäre nichts gewesen ◊ hätte nie ein Leid getönt ◊◊◊ Und du schreit'st mit frohen Augen ◊ und zutiefst gefühlter Ruh ◊ himmelhoch gesandtem Glauben ◊ einer neuen Zukunft zu. F.

Gossau, 16.9.1981

Der Himmel ist ein Zustand unseres Gemüts, ist Frieden und Geborgenheit, ein Wissen um die Herrlichkeit des Daseins. Wir sind dort, wenn wir das Leben, das wir führen, lieben, wenn wir im göttlichen Atem den Willen der Natur erfüllen.

Von Mittagsruh erfüllt ist der Gefühle See, dem warmen Sonnenstrahl ergeben, leis, leise berührt vom Windhauch der Seligkeit.

In jenen Sphären des Seins füllen Melodien der Beglückung den lichtblauen Äther. Alles ist Wohlklang und Freude. Die scheue, sehnende Seele fühlt sich in Räume holdseligen Freiseins erhoben. F.

Du – Wind für meine Flügel,
es war mir wie ein Geschenk, zu Dir am Samstag von diesem grossen, DEM grossen musikalischen Erlebnis aus meiner Jugend sprechen zu dürfen. Nur zu ganz wenigen Menschen äusserte ich mich darüber. Dieser ferne Ostersonntag ist ein leuchtendes Kleinod; es möchte unangetastet, unberührt, rein und froh und frisch wie damals in meinem – und jetzt auch in Deinem – Herzen (aber ist das nicht dasselbe ?!) weiter leben und funkeln und glitzern.

Jeder einzelne Ton dieser G-Dur Messe von Schubert ist meiner Seele eingeprägt, unauslöschbar, sei es vom Orchester, Chor oder Solisten.

Eine der wunderbarsten Stellen, vom Chor gesungen, ist das im Gloria enthaltene: Et in terra pax hominibus, bonae voluntatis. Lass diese Stelle von Dir Besitz ergreifen - - - mich schaudert jeweils vor höchster Empfindung.

Im Sanctus erschüttert das machtvolle. „Pleni sunt caeli et terra" tatsächlich Himmel und Erde.

Das ganze Benedictus ist EIN Magnificat, in dem die Seele jubelnd und lieblich, so lieblich, mit jungfräulich niedergeschlagenen Augen, ihrem Gott ein Liebeslied singt. Und dann: Lausche im Agnus Dei, vor dem letzten Sopransolo, das Singen der Geigen und weine mit mir – Du, nur Du kannst das so mit mir empfinden, Frédéric, ich weiss es – wenn das innig bittende erste „miserere nobis" aufschluchzt.

Gewaltig nimmt mich die Vergangenheit in die Hände bei jeder neuen Begegnung mit dieser Messe. Es war ein einmaliges Geschehnis, verknüpft mit einer zusätzlichen Anzahl grosser und kleiner Freuden, die diesen Tag markiert hatten.

Jetzt diese Erinnerung mit Dir zu teilen, hüllt mich – uns – von neuem in den damaligen Zauber eines strahlenden Osterfestes wie in einen ätherischen, seidenweichen Schleier ein und hebt einen zeitweilig schlummernden Lebensabschnitt lächelnd wieder aus der Tiefe. Deine Frédérica.

Genf, 22.9.1981

Ein Zauber liegt in allem Schmerz, den die Sehnsucht um Dich webt.
  Reich ist das Leben und jeder Seufzer ist ein Pfand für ein Weilchen Glück, das auf uns wartet.
In Liebe. Deine Carina.

Gossau, 23.9.1981

Sei geführt von Gottes Huld ◊ durch die Reihe deiner Tage ◊ halte nur dich frei von Schuld ◊ dass dein Seelenweg gerade ◊◊◊ In das Reich der Engel führt ◊ welche dich mit Lieb umgeben. ◊ Hast du einmal nur verspürt ◊ welche Freuden sie dir weben ◊◊◊ Wirst du ewiglich im Sein ◊ still nach diesem Trost verlangen ◊ bis du wie die Blüte rein ◊ bist im Paradies gehangen. F.

Gossau, 24.9.1981

Hab mein Herz an dich verloren ◊ warm und innig schlägt es nun ◊ nur für dich, die es erkoren ◊ als die wunderschönste Blum' ◊◊◊ Doch will es im langen Warten ◊ fast verzagen - in der Fern ◊ sieht es einen Liebesgarten ◊ den' s betreten möchte gern ◊◊◊ Um darin in feinen Spielen ◊ stumm vor Glück sich zu ergehn ◊ und mit dir bei köstlich vielen ◊ Zärtlichkeiten stillzustehn ◊◊◊ Wo wir, ganz in sie versunken ◊ uns erlaben wie im Traum ◊ und von Düften selig, trunken ◊ tausend Liebeswunder schaun. F.

Gossau, 27.9.1981

Blau des Himmels, Gold der Sterne ◊ die ihr vor der Seele steht ◊ zieht mich lockend in die Ferne ◊ wisst ihr denn, wie's um mich steht ◊◊◊ Wollt ihr mich am Ende trösten in der offnen Liebespein ◊ wenn der Schmerz am allergrössten ◊ trifft mich hoffnungslos allein ◊◊◊ Ja, es muss in eurem Weben ◊ eine Kunde eingeflochten sein ◊ die in liebevollem Geben ◊ führt mich zu mir selber heim. F.

Gossau, 1.10.1981

Die zarteste Lieb ist erfüllt ◊ wenn wortlos beisammen im Weilen ◊ vom Zauber des Nahseins umhüllt ◊ wir alle die Freude uns teilen ◊◊◊ Die sanfte wie regnende Blüten ◊ hernieder zu Häupten uns schwebt ◊ und uns mit seraphischen Güten ◊ gar innig im Herzen verwebt ◊◊◊ So stehen wir seliglich lauschend ◊ im strömend gefühlten Ge-schehn ◊ uns die holdesten Zartheiten tauschend ◊ die uns wie lichtvolle Schleier umwehn. F.

Gossau, 1.10.1981

Meine liebe Carina,

Du feierst ja über dieses Wochenende Deinen Geburtstag, zu dem ich Dir in aller Innigkeit gratuliere und Dir in der Erfülltheit Deines Lebens vor allem Freude, herzinnige Freude und Licht wünsche.

Nimm das beiliegende Gedicht als kleine Huldigung an Dich und unsere Liebe entgegen, wie auch das Bändchen mit dem Beginn meiner Lebenserzählung. F.

Gossau, 2.10.1981

Nun wohnt in tiefgefühlter Weise ◊ das Heimweh bittend uns im Blut ◊ und fleht und fleht in ew'gem Kreise ◊ Ihr Götter macht doch alles wieder gut ◊◊◊ Die Ihr mit Eurer Weisheit Gaben ◊ in eins verschmolzen – führt sie heim ◊ schon hier in vielgeprüften Tagen ◊ zu jenem lichterfüllten Sein ◊ nach dem sie sich unendlich sehnen ◊ in Tränen windend sich und Pein ◊ und sich wie Aus-gestossene benehmen ◊ und Trunkene von süssem Wein ◊◊◊ Erbarmt Euch ihrer lichten Seelen ◊ die sich durchfluten insgeheim ◊ und lasst, die sich so innig fehlen ◊ nie nimmermehr – allein. F.

Gossau, 4.10.1981

So gern möcht ich den trauten Gruss dir senden ◊ der bittend sich aus meines Herzens Grund erhebt ◊ in unablässigem sich zu dir wenden ◊ das geheimnisvollen Raunens mich durchwebt ◊◊◊ Was ist es denn, dass meines Sinns Gedanken ◊ von wo sie immer kommen mögen ◊ sich allsogleiche um dein Wesen ranken ◊ in wundersam verschlungnen Bögen ◊◊◊ Ich kann mich ihrer nicht erwehren ◊ und lasse sie zu dir hin ziehn ◊ um dich wie keine andre zu verehren ◊ als meine Liebesfreuden-bringerin F.

Genf, 6.10.1981

Lieber, Du, Lieber,
unsichtbar mit leichten Schwingen ◊ begleit' ich Dich auf Deiner Reise ◊ und wenn Du meine Nähe wünschest ◊ dann flüstre meinen Namen leise ◊ Und sogleich bin ich da ◊◊◊ Ich wohne in den weissen Wolken ◊ die über Deinem Haupte ziehn ◊ und send Dir lieblichste Gedanken ◊ und tausend sanfte Melodien ◊ Oh, öffne weit Dein Herz ◊◊◊ Ich bin bei Dir im leuchtenden Gewande ◊ bei Tag und Nacht ◊ zu Wasser – auf dem Lande ◊ Und nehm Dich bei der Hand ◊◊◊ Ganz zart und fein ◊ als wie ein Flaum ◊ ein Blatt – vom Wind bewegt ◊ Du spürst mich kaum ◊ Lass Deine Lippen auf den meinen ruhn. Deine Carina. Komm bald wieder

Gossau, 10.10.1981

Unsre Lippen sind das Siegel über dem Geheimnis unsrer Liebe. In ihrem Aufeinander-Ruhn liegt alle Seligkeit der Welt beschlossen. Die Hüter sind sie jener Kostbarkeit, die uns der Liebestraum geschenkt und dessen Seidenglanz wir niemals wieder missen mögen. Ein göttliches Geschenk in Näh und Ferne ist uns hier gereicht zum Trost und zur Erquickung unsrer sehnsuchtsvollen Seelen. F.

Genf, 10.10.1981

Jetzt bist Du wieder da !!!
Ich küsse Dich zärtlich willkommen und zwei Tränchen der Freude rollen über meine Wangen.

Die Welt war so kalt ohne Dich und wenn Du am Montag wieder ins Geschäft gehst, dann denke, dass Du den Weg nicht alleine machen musst, dass ich mit Dir komme, ein wenig voraus gehe, um ALLE Hindernisse wegzuräumen. Und warte – auf Dich warte. C.

Genf, 10.10.1981

Oh Wunder, WUNDER, das Unwahrscheinliche ist wahr geworden. Ich kann am 24./25. nach Lausanne kommen. Pendant que tu navigues, nichtsahnend, auf dem Canal de Bourgogne, erreicht mich hier diese Nachricht meines verehrten Schwiegervaters: …. „ist es uns diesmal nicht möglich, die Nacht bei Euch zu verbringen."

Und mein Herz schnappt nach Luft, jubelt, weint, frohlockt, stöhnt, singt, schluchzt, lacht, zerbricht, fliegt zum Himmel und ruft: FREDERIC, oh Frédéric, ist es wahr, ist es wirklich wahr, dürfen wir wieder zusammen sein? Die Götter meinen es gut mit uns, sind unsere Verbündeten, darob besteht kein Zweifel.

Und ich muss noch zehn Tage warten, bis ich Deine Reaktion höre: „Gsehsch jetz, i has Dir doch gseit."

Ich tanze mit Dir im Kreis herum und kann an ein solches Glück kaum glauben.

Sonntag

Es ist eine wundersame Entspannung für Leib und Seele, wenn der Geist täglich von Deinen Ge-dichten nascht und sich daran erquickt und erfreut. Dies ist eine Nahrung, die ihm zur Notwendigkeit geworden ist. Du sprichst eine Sprache, die auf direktem Weg in mein Herz klingt und von ihm – oh wie gut – verstanden und mit Ehrfurcht, Innigkeit und Dankbarkeit aufgenommen wird.

Ich überlasse mich all den himmlischen Gefühlen der Zärtlichkeit, mit denen Du mich umgibst, überlasse mich ganz Dir. Von Dir getrennt zu sein, ist ein Kreuzweg.

Montag

Pssst, Du bist an meiner Brust eingeschlafen und ich halte mit beiden Händen hauchfein, hauchfein Dein liebes Köpfchen, Dein Gesicht, die warmen Wangen und Lippen auf mir und wache glückselig über Deine Träume. Dass nur ja niemand den geringsten Lärm macht! Wie süss es ist, Dich so an meinem Herzen zu fühlen. Federleicht bist Du mir, die Erde versinkt und ich weiss nichts anderes mehr, als dass ich Dich innig, innig lieb habe.

Wie armselig doch Worte sind, verglichen mit dem Übermass an Empfindungen. Deine Carina

Dienstag

Gestern hatte ich ein bisschen Grippe, oder so etwas. Trotzdem musste ich am Abend an einer Fashion-Show mit Cocktails teilnehmen. Ich tat es einem unserer Freunde zulieb, dem diese Mode-Boutique gehört und dem es Freude bereitete, dass ich kam. Ich sah und hörte aber nicht viel; meine

Gedanken waren ununterbrochen bei Dir. Ich lag in Deinen Armen und spürte das leise Vibrieren Deiner Lippen, die meinen ganzen Körper entzündeten, in Besitz nahmen, diese Lippen, die mich nie mehr verlassen und die mich vor Verlangen stöhnend in Höllenfeuer stossen, berauschend, versengend - - - wo doch hunderte von Kilometern zwischen uns liegen. Frédéric, wann nehmen diese Qualen ein Ende?

Mittwoch
Letzte Nacht ist es mir wieder deutlich klar geworden, wie viel ich Dir zu danken habe. Was war meine Welt vor Dir? Ein langer Weg des Suchens, wobei die Stille, nach der meine Seele sich sehnte, vom Getöse eines meist oberflächlichen Lebens gestört wurde. Jetzt wandern wir zusammen in einer sinnvollen, grossartigen Gegenwart, die zugleich unsere Vergangenheit und unsere Zukunft ist.

Ich habe mir – Dank Dir – schon ein ganz schönes Stück Gleichmut erschafft, kann das Leben auch an Schattentagen bejahen und bade im Glück, in der Wiege Deines Herzens, und danke dem Himmel, dass es Dich gibt, dass wir einander zugeführt wurden.

Sei gesegnet – mein geliebter, heller Freund – im Zeichen des Kreuzes und der Sterne – bis wir uns wiedersehen. C.

Gossau, 10.10.1981
Schön guten Morgen ◊ sag ich dir an ◊ warst du geborgen ◊ in deinem Kahn ◊◊◊ Hat dich die Ruh ◊ zutiefst erlabt ◊ dem Tage zu ◊ mit Kraft begabt ◊◊◊ Sind süsse Träume ◊ dir erschienen ◊ luft'ge Schäume ◊ frohe Mienen ◊◊◊ Wie dem auch war ◊ dem Licht erkoren ◊ bist wunderbar du ◊ neu geboren. F.

Gossau, 15.10.1981

Liebe Carina,
Deine blütenzarten Gedanken bewegen mein Herz,
wie der Sommerabendwind das Feld der Ähren. Und
wie diese sich dem Licht der Sonne entgegenrecken,
langt meine tiefgründende Sehnsucht nach Dir, Du
Leuchtende, die mir in der jähen Nähe des Zärtlich-
seins die Sinne raubt im Flug der Begeisterung und
mir im Wehen und Weben der Ferne in un-
unterbrochenem Strömen Feinheiten schenkt, die
mich in Märchenträume von Verlangen und Wonne
versetzen.
  Sei behütet, in der kleinen Ewigkeit die uns trennt,
von allen guten Geistern, die Dich umgeben, wie
auch von dem was ich in Gedanken Dir Gutes sende
aus der fernen Nähe; Dir, meine traute Carina, auf
deren Lippenpaar die meinen in nie verwehender
Sanftmut ruhn. F.

Gossau, 15.10.1981

Wenn ich von deinem Mund die Küsse trinke ◊ die
du voll Wonne mir vergibst ◊ und seliglich in deinem
Schoss versinke ◊ weil du mich ach so zärtlich liebst
◊◊◊ Verrauscht die Welt, in der ich war ◊ muss einer
neuen weichen ◊ wieviel von Sehnsucht Jahr für Jahr
◊ floss hin, sie zu erreichen? F.

Saulieu, 15.10.1981

Meine Lippen langen nach den deinen ◊ weil sie ewig
durstig sind ◊ sich zur Liebe zu vereinen ◊ dich
beglückend zart und lind ◊◊◊ Was in dieser sel'gen
Stunde ◊ insgeheim mein Herz bewegt ◊ sei aus
liebevollem Munde ◊ deinem Sinnen vorgelegt ◊◊◊
Dass es in dein Wesen ströme ◊ einem Hauche
gleich des Winds ◊ und dich durch und durch
verwöhne ◊ reine Märchenträume sind's ◊◊◊ Die
wohl irgendwo und her ◊ uns von Himmeln kommen

zu ◊ oder über' s weite Meer ◊ bringen Glück und Ruh. Dein Frédéric

Gossau, 16.10.1981

Nun ruh ich wieder, wachend, im Yogasitz, der Arm lässt mich nicht schlafen. Doch bin ich wahrhaft glücklich, denn ich münze mir den Schmerz in Herrlichkeit um, will bei Dir wachen wie ein Geliebter, bei Gott, wie ein Mönch, da ist kein Unterschied: in beiden Fällen ruht die Seele am Ort der Sehnsucht, den sie leidenschaftlich suchte, in der Heimat nach der langen Fahrt, am Ursprung ihres Werdens. Sie lächelt froh im Anblick dessen was sie stillt; von keinem Wunsche mehr bewegt der seidenweiche Spiegel, im Frieden milden Herbstes ruht die See; wie Weihrauchdünste spürt man aus ihr das Arom der Güte steigen.

Ich teile mein Dasein mit Dir in so seligem Gefühl, dass uns das bunte Bild der nimmermüden Zeit verblasst und wir nur noch das ewig lichte, azurblaue Blau des Himmels um uns schauen. Erhabnes Schweigen hüllt uns ein, wir sind vom Strahl der Göttlichkeit berührt und dürfen uns am Born der Seligkeit erlaben.

Gossau, 17.10.1981

Nun habe ich so richtig Freude am Leben. Ich spaziere neben Dir auf einem wendigen Strässchen. Wir gehen nicht geradeaus, in Schlangenlinien wie die Kinder hin und her, dem Rhythmus der Bewegung hingegeben. Blitzsauber ist die Welt gewaschen, die Wasser in den Bächlein lassen sich gemach zu Tale fliessen und ◊ murmeln ewig ihre Melodie. Kein Mensch ist hier in diesem Paradies, es liegt abseits der grossen Strassen, doch wär es noch so schön, es muss in uns der Freude Funke glüh'n, damit wir fähig sind, die Schönheit um uns gütig aufzunehmen.

Nun wandern wir durch lichten Wald und unvermittelt bleib ich stehn und wende mich Dir zu, CARINA liebe Du. Ich schau Dir lächelnd in die "blauen" Augen, schaue Dein Gesicht und kann nun der Versuchung Deines hübschen Mündchens nimmer widerstehn. Wie von magnet'scher Kraft sind meine Lippen zu den Deinen hingezogen. Und Du lässest es geschehn, dass ich Dich zaghaft erst und dann in vollen, schönen Tun beglücke mit dem stummen Zwiegespräche, Dich und mich, dass uns die warme Sinnlichkeit durchrieselt wie ein lichter Sommersonnentag. Mit leiser Wehmut muss ich wieder Dich entlassen aus dem betörenden Geheg, derweil wir unsre Schritte heimwärts lenken. F.

Genf, 20.10.1981

Alle Trauer und alle Schönheiten dieser Welt sind ja auch durchtränkt von dieser vergeistigten Wesenheit des Gottes-Sohnes. Das sollte uns eigentlich den Mut geben, immer zu unserem Schicksal JA zu sagen. C.

Genf, 24.10.1981

Schnee auf dem Salève. Wo bist du, Sommer? Wer warst du? Was bleibt von dir? Sind alle Sterne gefallen? Haben sie sich in Schmerzen und Tränen und Sehnsucht verwandelt.

Ich bin tot. Mag nicht mehr sprechen, nicht mehr atmen, nicht mehr Klavier spielen; jede Bewegung ist mir zuviel. Alles Leben ist aus meinem Körper gewichen. Ich bin nur noch eine Masse, die weinend hingeschmettert daliegt und erstaunt ist, dass es überhaupt noch Tränen gibt. Wozu eigentlich noch leben? Mein ganzes Dasein ist ja nur auf diesen einen Menschen ausgerichtet, hat nur mit ihm und durch ihn einen Sinn und Zweck.

Wie soll ich diese Tage überleben? Noch kann ich es nicht fassen, was Frédéric mir sagte: Wir können uns nicht treffen. WARUM!!?? Dann lasst mich sterben, wozu bin ich denn hier? Es ist nicht möglich, mit dieser schmerzenden Seele zu existieren. Patrick, und du bist auch weg.

Wie trostlos und traurig doch ein Cheminéefeuer brennt, wenn man mit so dunklem, dumpfem, sterbenden Herzen alleine davorsitzt.

St.Saëns (unser Hund) heult, die Geschirrwaschmaschine poltert, der Wassersieder pfeift, im Bad läuft Wasser. Ein Wahnsinnslärm. Pfeift, poltert und heult nur weiter, das entspricht so genau dem Zustand meiner Seele, wo auch alles in einem Wirrwarr auf und abwogt, wo Gefühle schreien und dann wieder verzweifelt mit einem unsichtbaren Dämon ringen, wo mich diese Seele mit grossen, traurigen Augen anschaut, weil sie nicht verstehen kann, warum sie so leiden muss und niemand etwas für sie tut. Sie frägt unablässig was denn eigentlich geschehen sei. Und ich würde es ihr gerne sagen, aber ich mag nicht sprechen. Ich weiss ja auch gar nicht, in welcher Sprache ich antworten müsste. Alles ist durcheinander, welk, am Absterben.

Wenn du es willst, so lass diesen Kelch an mir vorübergehen. Doch nicht mein, sondern dein Wille geschehe.

Traum:
Die Sternkuppel stürzt ein, langsam löst sie sich, Stück um Stück, als würden grosse, einzelne Teile von einer gigantischen Hand aus einem überdimensionalen Puzzle herausgestossen. Jetzt stürzt sie ein, fällt auf den schwarzen Flügel, zertrümmert ihn. Er zerbirst unter lautem Getöse, Saiten springen, geben noch einige letzte schrille Töne von sich – verstummen. Ein gewaltiges Chaos.

Der Himmel stürzt immer noch. Er fällt auf mich, auf die Erde – Liebe und Weisheit sind zusammen begraben.

Eine Gestalt im weissen Gewand sitzt in einer Ecke auf einer abgebrochenen Säule und schaut dem allem zu mit einem Ausdruck im Gesicht, den ich nicht kenne. Oh nein – dieses geliebte Gesicht – nein, nein, nein - - mich fürchtet, eiskalt sind meine Glieder, eiskalt.

Ich erwache, nass in Tränen und kaltem Schweiss.

Wie aus weiter Ferne komme ich ins Leben zurück. Die Seele ist gemartert, mir ist, als wäre ich lange krank gewesen.

Zaghaft spiele ich Klavier. Die Töne schlagen fremd an mein Ohr. Ich versuche Bach, Präludium Nr. XVII im Zeitlupentempo und lasse Ton um Ton auf meine Seele wirken. Es ist Medizin für die immer noch klaffende, blutende Wunde.

Langmut, Sanftmut, Liebe, Geduld.

Aus Liebe zu Dir, Frédéric, versuche ich mit äusserster Anstrengung, mich nicht so meinem Schmerz hinzugeben, ich versuche, mich zu beherrschen, aber dafür muss ich ALLE Erinnerungen zum Schweigen bringen, alle Zärtlichkeit, die zu Dir kommen möchte, zurückhalten und mein Herz, meine Seele, in Gefühllosigkeit erstarren lassen.

Oh, nur nicht mehr erwachen. Schlafen ... schlafen.

Hast Du mich gerufen? Mir war, als hörte ich Deine Stimme. Es war nur der Nachtwind. C.

Genf, 25.10.1981

Den ganzen Abend und die lange Nacht ◊ die sich in wundersamer Weise angesagt ◊ ich habe sie alleine zugebracht ◊ und dich in Trauer lächelnd leis gefragt ◊◊◊ Ob wohl Dein Herz auch zu mir sinnt ◊ ob Deiner

Tränen Strom zu meinem rinnt ◊ ob Du mit mir durch diesen Abgrund gehst ◊ mit mir zum Himmel um Erlösung flehst ◊◊◊ dass dieses Übermass an Traurigkeit ◊ zu einer Brücke werde – hin zur Ewigkeit ◊ auf der wir Hand in Hand mit heller Stirne gehn ◊ und auch aus dieser Prüfung ohne Schaden auferstehn.

Ich berg mein blasses Antlitz ◊ stumm in Deinem Haar ◊ in dem noch golden die Kometen ◊ eines längst verrauschten Sommers hangen ◊ und träume, müdgeweint ◊ von Wiesen, Welten wunder-bar ◊ und allen Sternen, die Du singend ◊ für mich aufgefangen. Deine Frédérica

Gossau, 26.10.1981

Sowie ich an dich denke ◊ ist auch das Heimweh wieder da ◊ das mir beinah das Herz verbrennte ◊ weil ich dich allzulang nicht sah ◊◊◊ Ich möchte traulich bei dir liegen ◊ an deine Wärme angelehnt ◊ und mich mit dir in Träume wiegen ◊ nach denen sich die Seele sehnt ◊◊◊ Die, wohl ins Kleid des Leibs verwoben ◊ durch diesen Zärtlichkeit em-pfängt ◊ doch fühlt sie mehr noch sich erhoben ◊ vom Zauber, der sie mild umfängt ◊◊◊ Und der von Engeln kommen mag ◊ der Liebe, die uns licht umschweben ◊ und uns behüten Tag für Tag ◊ im himmelweiten Sternen-weben. F.

Gossau, 28.10.1981

Hörtest Du nicht den Faust, der seine Welt verfluchte und sich anschickte, sich den Tod zu trinken – und die Musik der Sphären rettete ihn. Auch Trauer und Schmerz haben ihren Sinn; wir haben vieles was wir unrecht taten, früher, abzutragen. Wir wachsen durch Schmerz und Hoffnungslosigkeit dem Vollkommenen entgegen. Es ist Gott, der in Dir weint. Ein Gott, der furchtbar ist in seiner Tiefe. Doch die Sonne seiner All-Liebe lässt auch Dich und mich nicht untergehn. Ich möchte weinen und weinend mit Dir durch die Tage gleiten. Aber ich sage: Steh auf, wir haben einen weiten Weg zu geh'n. Folge mir nach, ich vertraue auf Deinen Mut. F.

Genf, 29.10.1981

Die Zettel am Kalender sind bis zum Samstag, 7. November abgelöst.

Das Telefon in meiner Klause ist ausgezogen. Eine Woche lang werde ich die geliebte Stimme nicht mehr hören. Meine äussere Welt ist in einen Dornröschenschlaf versunken.

Jeden Moment wird Wil heimkommen. Er bleibt bis zum 12. November hier. Ich habe Cheminéefeuer angezündet; in seinem Zimmer stehen Blumen; das Haus ist hell. Überall herrscht peinlichste Ordnung, so wie er es mag und ich nicht. Die Atmosphäre ist warm und mich fröstelt.

„Frédéric", flüstre ich inniglich „bleibe bei mir, halte mich, verlass mich keine Sekunde, lass mich in Dich hineinkriechen, j'ai peur."

Und Du? krank. Unablässig rufe ich Deinen Namen, lasse meine Hände über Deinen heissen Leib gleiten, über Brust und Schultern, Rücken und Lenden, und da, wo Du die Augen schliessen musst, lasse ich sie ein Weilchen ruhen; ich liebkose Deine Arme und Beine und Füsse, lege mich zu Dir, hingegeben, weich, in zartestem Kaum-Berühren und lasse alle meine Liebe und Fürsorge über Dich und in Dich fliessen.

Frédéric, ich hebe Dich in Gedanken aus dieser Welt heraus, hinauf in Regionen, wo es keine Leiden und keine Tränen mehr gibt.

77

Sonntag morgen
Das Orgelkonzert war unsagbar schön. Du sassest
neben mir – natürlich – unsere Füsschen fieberten
aufeinander. So tranken wir Musik – Orgelmusik –
und fühlten uns bis ins Innerste miteinander verschmolzen. Kirche, Menschen, Welt sind weg und
nichts bleibt als DIESE Klänge, die meine Seele
heilen und die Gewissheit Deiner warmen Gegenwart.

Néné telefoniert und ich habe nur einen Gedanken,
der aus meinem Herzen quillt: Hoffentlich leidest Du
keine Schmerzen, hoffentlich ist Dir das Liegen nicht
zu mühsam. Hast Du Durst? Hast Du Heimweh? Tag
und Nacht bleibe ich jetzt an Deinem Bettchen, ich
verlasse Dich nicht, ich gebe Dir von meiner Kraft
und versuche, alle Deine Leiden auf mich zu laden.
Gib sie mir, ich kann viel ertragen. Ich möchte Dich
erlöst lächeln sehen.

Montag morgen
Alle meine Segenswünsche schicke ich Dir durch die
Lüfte und weiss, dass sie bei Dir ankommen. Sie
machen Dich wieder gesund und stark, streicheln
Deine Glieder. Spürst Du meine Liebe? Sie hat
dichte Rosenbüsche um Dich wachsen lassen,
sodass nichts Böses an Dich herantreten kann.

Abends
Ich suche Dich im Äther und – du bist da. Traurigkeit
will in mir hochsteigen, aber ich lerne à petits pas,
sie zu bekämpfen. Du kannst jetzt kein weinerliches
Frauenzimmer brauchen.

Dienstag
Frédéric, ich entdecke etwas Neues. Die R.Steiner-
Bücher sind imstande, zeitweise Deine Briefe,

Gedichte und Deine Stimme zu ersetzen. Durch sie fühle ich mich ganz warm und innig mit Dir verbunden. Der Hauch derselben Welten strömt mir zu. Das war Dein grosses Lebensgeschenk an mich, mir diesen Geist zu zeigen und meinem Herzen und Gemüt nahezubringen. Ich denke sogar, dass ich wahrscheinlich ohne Dich erst in viel späteren Leben auf dem richtigen Weg gegangen wäre. Gewissermassen bist Du mein Schicksal. Nach und nach werden uns vielleicht karmische Zusammenhänge klar und dann wird der Schmerz und alle Tränen, die der Preis meiner Liebe sind, kein Rätsel mehr sein und meine unbändige, wilde, leidenschaftliche, ungeduldige Natur wird sich beruhigen. (Que Dieu m'entende!!)

Mercredi
Je passe tous les matins seule à la maison et tu ne tétélephones pas. C'est à devenir fou!

Donnerstag
Ich schlafe nicht mehr. Nächtelang verbringe ich beim Lesen Deiner Gedichte mit Deinem Bild vor mir und in mir. Es ist ein Lustwandeln in para-diesischen Gärten Deiner Gedanken, Gefühle, genialen Posaunenstössen und zartestem, seidenen Antasten der Seele. Ich glaube, Dich bis in die innersten Regungen Deiner Gefühle erfasst und verstanden zu haben.

Freitag
18 Stunden, 17 Stunden, 16 Stunden, 15 Stunden, 14 Stunden usw. Morgen 10 Uhr rufst Du mich an. Der Kuss des Prinzen, der die geheime Welt, die voller Erwartung dämmert, ins Leben zurückruft. Aber noch steht eine laaange Nacht bevor. Aime – moi! Carina.

Gossau, 1.11.1981

In Lob und Danken ◊ sprech ich leis den Himmel an ◊ aus einem kranken ◊ wird bald wieder ein gesunder Mann ◊◊◊ Und im Genesen ◊ birgt sich ein so freudiges Gefühl ◊ dem auserlesen ◊ der nach schmerzlichem Gewühl ◊◊◊ Mit neuer Kraft begabt ◊ im Leben frühlingstrunken aufersteht ◊ und hat schon ja gesagt ◊ indem er mutvoll weiter in die Zukunft geht. F.

Gossau, 3.11.1981

Sind Dir die Sonnentage auch so lieb und kostbar, Geschenke eines langen Herbstes, der sich in reiche Buntheit kleidet, unser Auge zu erfreuen und der Seele die Gestimmtheit heiteren Gelassenseins zu geben? Wie rein ist doch der Himmel heute wieder, hochgewölbt der blaue Dom, in dessen Weiten Blick und Sinnen selig sich verlieren. Eine Sinfonie von Farben hüllt er ein, die fern, von Wäldern bald und hier im Dottergelb und Gold der Lärchenzweige mir entgegenleuchten.

So friedvoll ist die Welt der Pflanzen, die in ihrem stillen Weben jahraus, jahrein im Willen der Natur erblühen und vergehn. Sie sind dem Menschen zugetan, der sie wie stille Freunde sieht und der, von ihrer Schönheit tief ergriffen, an ihnen seinen Trost und seine Freude findet. F.

Gossau, 4.11.1981

Meine liebenswürdige Carina,
im Fibrieren der Gedanken und Sehnsüchte zwischen uns, erfüllt sich der Tag – und erfüllen sich die Nächte. Ein leises Flehen ist das Lied der Seele, das uns immerdar begleitet und das Lichtlein nährt des Hoffend-Seins, von dessen Schimmer wir uns dankend nähren.

Versinke Du in den Strom der Gedichte, der Dich liebend umflutet und Dir helle Herzensfreude bringen soll ins Leben. In zarter Liebe. F.

Gossau, 6.11.1981

Perfekt der Abend; die Gäste sind gegangen; ich sinke müd ins Bett und möchte plötzlich weinen ... wenn ich an Dich denke und mich die Sehnsucht übermannt.

Ich lange voll Heimweh nach Dir, meine Palme, deren süsse Früchte mich wie nichts erlabten. Höchste Wonne verheisst mir der Wunsch, an Deiner Seite zu ruhn, mein traulicher Gespan und mich an Dich zu verlieren. Schlaf wohl in Deiner Klause unter den Benedeiungen des Himmels und durch märchenhafte Träume geführt in deren Mittelpunkt wir wie Prinzess und Prinz einander gut sind und uns im Allerinnersten erfreuen. F.

Gossau, 7.11.1981

So versöhnlich ist die Stimmung meiner Seele ◊ die dir in seidenweichem Zug entgegenströmt ◊ empfang in ihm was deinem feinen Wesen fehle ◊ und was dein sehnsuchtsvolles Dasein reich verschönt ◊◊◊ Es geht ein Zauber aus von dieser wohlgefügten Mitte ◊ in deren Bann mein Aller-innerstes beseligt ruht ◊ erfüllt ist meines Herzens immerfort getragne Bitte ◊ nach Frieden und Gelassenheit im Blut ◊◊◊ Wenn du dich mir ver-wandt in diesem Strömen stählst ◊ verschmähend nicht die dir zum Heil gereichten Gaben ◊ indem du weisheitsvoll die wahre Freiheit dir erwählst ◊ und wirklich auferstehst in allerfüllendem Erlaben ◊◊◊ Dann ist erreicht was uns als Menschenpaar ◊ zum Ziel bestimmt und zum erwartungs-vollen Streben ◊ wir werden uns in lichterfüllten Himmeln zwar ◊ von

zarter Freud erfüllt in unserm Liebesbund umschweben. F.

Gossau, 8.11.1981

In deinem Wesen ist mir viel verwandt ◊ das sich voll
Sehnsucht finden will ◊ zu Freudenfesten in der
Phantasien Land ◊ erfüllt von liebereizendem
Gespiel ◊◊◊ Wieviele Tänze birgt dein jugendlicher
Sinn ◊ und Grazie, Musik, ein bunter Reigen ◊ es
wallen hauchfein Schleier her und hin ◊ die dich in
unbeschreiblicher Vollendung zeigen ◊◊◊ Und hältst
du dann an meinem Herzen Rast ◊ bei Sphären-
klängen und lebend'gem Schein ◊ ist es die höchste
Wonne, die dich lieb umfasst ◊ fein wiegend dich in
weiche Rhythmen ein ◊◊◊ So sinken wir dahin in
sel'gen Traum ◊ in dem wir uns Geborgenheit
vergeben ◊ und dürfen friederfüllte Paradiese
schaun ◊ die unablässig Götterschönheit weben. F.

Genf, 9.11.1981

Tagtäglich empfinde ich es als eine unerhörte
Gnade, R.Steiner's Geist kennengelernt zu haben
und mich, mit kleinen Schritten und oft wankend,
aber dennoch ununterbrochen auf dem Wege seines
Werkes vorwärts zu bewegen.

Tief in meiner Seele fühle ich, dass ich niemals
verloren gehen kann; ich brauche nur die Hand
auszustrecken und schon bin ich zu den Sternen
hinaufgezogen.

Je mehr ich über R.Steiner lese – und immer wieder
da und dort von Dornach die Rede ist – erfüllt sich
mein Herz mit einem warmen Glück. Ich gehöre zu
jenen vom Schicksal gesegneten Menschen, die in
Dornach auch Grosses erleben durften, Unver-
gessliches, das in den Tiefen der Seele immer
lebendig bleiben wird, ein Feuer, vom Geiste
geschürt, ein einmaliges Erleben und dies mit DEM
Menschen, neben ihm, durch ihn, dem ich mit aller

Liebe und Hingegebenheit, deren ich fähig bin, gehöre. C.

Gossau, 11.11.1981

Duuu,

es war ein wundersames Erlebnis, Deinen Trainer zu tragen; eine ganz feine Erregung durchströmte mich, Stunde um Stunde und liess mich unaufhörlich mit leiser Wehmut an Dich denken.

Lieben, lieben Dank für Deine Tagebuchblätter und den Seelenkalender und das Giessharz; ich werde Dir damit etwas Feines kreieren.

So leb denn wohl, Carina, in Sanftmut, Langmut, Geduld und voll Hoffnung und Liebe. F.

Gossau, 12.11.1981

Ach Frédérica, wenn Du wüsstest, wie wohl mir Deine Briefe tun, Deine Gedanken, Deine Einstellung. Du stehst mir wirklich zur Seite wie ein guter Freund. Auch bei mir, bei uns sind die materiellen Lebensgrundlagen derart ins Wanken gekommen, dass ich in dem Sturm noch nicht weiss, wie wir davonkommen und an welches Ufer wir geschlagen werden. Immer wieder muss ich mit aller Kraft mich hinwenden zur geistigen Mitte, wo auch ich fühle, wie Du es so treffend gesagt hast: .... dass wir nie verloren gehen können. Aber ich stehe mitten im härtesten Kampf und durfte heute, meditierend und eine ungeheure, sonnenhafte Strahlkraft spürend, ganz intensiv im Gedanken leben: Ich bin ein Segen – für die Menschheit.

Empfange Du nun den letzten der Bände Rudolf Steiners über Karma. Er enthält in einzelnen, wichtigsten Aussagen die Krönung des Vorangegangenen und öffnet uns in Bezug auf die Menschheitsentwicklung eine grandiose Schau, in der wir „göttlicher Gezeiten" innewerden.

Dies alles aber umfange ich mit der Strahlen-
wärme meiner Seele, die Dich in schützende
Lauterkeit kleidet und Dich in para-diesischen
Frieden entführt. Sei gesegnet meine Freundin und
berührt vom Strahl des Göttlichen, der Dich wappnet
zum Ringen und zum Sieg. F.

Genf, 16.11.1981

Du, mein geliebter Ludwig,
eben erhielt ich Deinen Brief mit dem Buch. Und in
einem spontanen Elan der Liebe und der Freundschaft wende ich mich an Dich, um Dir die Hand zu
geben und Dir zu sagen:
Du darfst nie zweifeln. Es besteht kein Grund zur
Mutlosigkeit. Du hast die Kraft, Du, hörst Du, über
alle Schwierigkeiten des Lebens hinwegzukommen.
Wir wissen, dass ein grossartiger, ewiger,
mächtiger Geist über uns waltet, der für Dich und alle
Menschen schon einen Weg gezeichnet hat und uns
– dies müssen wir mit tiefster Dankbarkeit fühlen –
täglich zeigt, wie wir ihn meistern können.
Christus hat uns alle Gaben ins Herz gesenkt – und
durchströmt damit den Weltenäther, den wir atmen –
um niemals zu verzagen und voll Hoffnung und
Zuversicht vorwärts zu gehen.
Was auch kommen mag im Leben, Ludwig, es ist
gut für uns, wir brauchen uns vor nichts zu fürchten,
weil wir mit dem Geist gewappnet sind, der uns
letzten Endes ans Licht führt.
Ich bin da für Dich, klein und oft jammervoll, aber
es lodert in mir ein Feuer, das seinen Ursprung in Dir
hat und dieses Feuer heisst: Glaube.
Ich umarme Dich und Dein Kreuz, das wir
miteinander teilen und lasse meinen innigen Segen
über Dir ruhen. So wirst Du federleicht und voll
Vertrauen wieder in den Sternen wohnen. In
herzlicher Verbundenheit. C.

Gossau, 14.11.1981

Was dich nächtig mild umschwebt ◊ sind die Flügel meiner Seele ◊ die beständig bei dir lebt ◊ nach herzinnigem Befehle ◊◊◊ Ihrem Schutz bist du ergeben ◊ wärmst und freuest dich darin ◊ auferstehst zu neuem Leben ◊ vielgeliebte Träumerin ◊◊◊ Alles ist nun wieder gut ◊ Schmerz und Trauer sind verflogen ◊ und wir sind im warmen Blut ◊ zur höchsten Seligkeit erhoben. F.

Gossau, 14.11.1981

Ich thron voll Glorie in deinem Kern ◊ Bin was du bist im Strahl der Mitte ◊ der sonnenströmend dich durchwärm ◊ auf jedem deiner Lebensschritte ◊◊◊ Die Weisheit bin ich, die dich führt ◊ auf noch und noch verschlungnen Pfaden ◊ zu Herrlichkeiten dir erkürt ◊ die so in Fülle in dein Leben ragen ◊◊◊ Dass alles, was dein Herz begehrt ◊ in Freundlichkeit sich um dich sammelt ◊ und dich beglückend hebt und ehrt ◊ derweil die Lippe Lobpreis stammelt. F.

Gossau, 15.11.1981

So traulich ist der Hauch der Güte ◊ den ich dir nächtigen Gedenkens send ◊ und der dein Menschensein gar lieb behüte ◊ indem er dir den Frieden spend' ◊◊◊ Sei du auf's trefflichste ge-borgen ◊ in dem Ergriffensein, das mich bewegt ◊ es ist ein hingegebenes Umsorgen ◊ das wie ein Schleier sich um deine Seele legt ◊◊◊ Gewinne du in ihm das Lächeln wieder ◊ das mir der Liebe Frühlingskräfte beut ◊ belebend wundertätig meine Glieder ◊ zu seelenvollem Zärtlichsein bereit. F.

Genf, 17.11.1981

Ich möchte mit Dir gegen den Feuerball der untergehenden Sonne wandern und auf Deinem Gesicht ahnen, wie er in die Nacht sinkt;

ich möchte mit bebenden Fingern über Deine Wangen streicheln und aus dieser schüchternen Gebärde würdest Du alles verstehen, was Menschenworte nicht sagen können;

ich möchte so ganz Herbst sein und, eins mit Dir, bloss der Natur hingegeben, auf der herbstduftenden Erde durch den Winter schlafen, schlafen;

ich möchte so mit Dir auf den Frühling warten, bis neuer Saft in uns steigt und wir uns entfalten, ergrünen, erblühen, erröten, dem Leben lachen;

ich möchte mich für lange Stunden in eine Harfe verwandeln und mein Liebeslied wie eine weiche Sommernacht in Deine Seele tropfen lassen;

ich möchte, dass Du mir mit pochendem Herzen einen Stern auf die Stirne legst und Blumen ins Haar;

ich möchte Dir dann die goldene Krone tragen helfen, die für Dein Knabenhaupt zu schwer ist;

ich möchte, dass Du mich aus Deinen Tiefen anblickst, Deinen Mund zu meinem fügst und wie ein Gebet zu mir sagst: Liebe;

ich möchte mit Dir so im Unendlichen schwebend verweilen, getragen von Deiner Sanftmut, ich möchte .....

Aber Liebster! – Du weinst? Frédérica

Gossau, 17.11.1981

Wach liege ich in Sehnsuchtstränen ◊ oh lägst Geliebte du bei mir ◊ wie rasch verflog des Herzens Grämen ◊ und welche Freud erlebten wir ◊◊◊ Im selbstvergessen zarten Streben ◊ dem Sich-Berühren wunderfein ◊ und sich dem anderen vergeben ◊ wie funkelnd dargereichter Wein ◊◊◊ Den feucht gewordne Lippen schlürfen ◊ indem beseligt wir uns ganz ◊ auf's lieblichste erkennen dürfen ◊ durchstrahlt von sonnenlichtem Glanz. F.

Gossau, 18.11.1981

Du Liebe, nun bin ich dir nah ◊ indem ich leis mich zu dir lege ◊ und voll dort und da ◊ zum Wohllaut der Berührung strebe ◊◊◊ Dann strömen wir im Traum dahin ◊ der Seligkeit in der wir schweben ◊ ich darf dich, süsse Schläferin ◊ voll Sanftmut wonnevoll erleben ◊◊◊ Oh sei mir immerdar so gut ◊ in zärtlich liebendem Verstehn ◊ im rauschend warm gefühlten Blut ◊ soll uns der Liebe Zauberduft durchwehn. F.

Genf, 18.11.1981

Noch stehn uns Paradiese offen!! Ja, ja – oh Frédéric, auch ich fühlte den Zauber deines Wesens in mir nach dem Telefongespräch und er verlässt mich nicht mehr.

Singen muss ich und musizieren; die schönsten Klänge und Harmonien kommen mir wie von Engeln zugetragen ins Herz und in die Finger.

Wie reich Du mich machst und wie liebevoll wir vom Schicksal geführt werden. Schau, unsere Leben hätten auch weiter so verlaufen können wie vor noch nicht so langer Zeit, ohne uns beisammen, jedes allein. Aber nein, Du kamst und ich fühlte Dich gleich; unsere Strassen waren so beleuchtet, dass wir an einem gegebenen Punkt, einfach zusammen-treffen mussten und jetzt sind wir für die Unendlichkeit eins und das erfüllt mich mit einem solchen Glück, dass ich in Momenten des Erken-nens wie berauscht bin.

Liebster – Deine Gedichte – wie ein süsser Trunk fliessen sie in meine Seele und ich verbleibe unbeweglich, mit halb geöffneten Lippen, die auf Dich warten, wie verklärt, und fühle was es heisst, wenn höchste Freude einen fast unerträglichen Schmerz bewirkt. C.

4

Wie fühle ich dein Wesen wieder

Gossau, 19.11.1981

Wie fühle ich dein Wesen wieder ◊ in meine Seele eingebrannt ◊ ein Zauber fliesst vom Himmel nieder ◊ den ich vordem noch nie gekannt ◊◊◊ Wie schön ist es, mit dir zu leben ◊ in dieser buntgefügten Welt ◊ dir all mein Sehnen hinzugeben ◊ das sich der Liebe zugesellt ◊◊◊ Mein armes Herz ist voller Hoffen ◊ auf eine glückerfüllte Zeit ◊ Paradiese stehn uns offen ◊ voll Märchenseligkeit. F.

Gossau, 22.11.1981

Es sinkt ein Schleier zu dir nieder ◊ berührte dich ein leiser Hauch? ◊ noch tief im Schlaf sind deine Glieder ◊ und deine feine Seele auch ◊◊◊ Es möchte dich mein Sehnen grüssen ◊ das über stille Lande zu dir eilt ◊ um dir die nächt'ge Ruhe zu versüssen ◊ indem es traut an deinem Bette weilt ◊◊◊ Wie gern läg ich in deinen Armen ◊ die meinem Langen noch so ferne sind ◊ einmal muss sich der Himmel doch erbarmen ◊ dass unsre Liebe Frieden findt. F.

Gossau, 24.11.1981

Oh Gott, wie schlägt mein Herz ◊ dem deinen wild entgegen ◊ beständig duldend jenen Schmerz ◊ der heiss durchflutet sein Bewegen ◊◊◊ Im jähen Taumel, der hier Macht gewann ◊ und dessen Dauer wir so schwer ertragen ◊ hofft sich die Sehnsucht Freuden an ◊ die nie die Sinne je vergaben ◊◊◊ Und lässt uns lechzen nach dem Ziel ◊ das lohensprühend in uns lebt ◊ und das wie niemals noch soviel ◊ holdselige Vereinigung erstrebt. F.

Basel, 25.11.198

Frédéric, Lieber, Du, Lieber,
alles singt in mir und ist aus der Erdenschwere hinausgehoben. ich lebe in Dir, ganz tief und warm und heimelig in Dir.

91

Frédéric, wieder fehlen mir die Worte, um allen Gefühlen Ausdruck zu geben, die mich seit gestern bewegen. Eins nur weiss ich in seiner ganzen Tragik und Grösse und Schönheit: Ich bin Dein, Dir – wie Du es gesagt hast – ausgeliefert, mit Freuden, Du, Dir ausgeliefert, mach mit dem Bündel Seele, Fleisch und Liebe und Sehnsucht was Du willst. Ich bin ja ein Teil von Dir. So können wir ohne einander nicht sein und bestehen nur vereint als Ganzes.

Ich höre wie Du sagst: „ ... schöner als ein Traum.“ So wird unser Leben verlaufen, Deines und meines, das nur noch EIN Leben ist, unser Leben, SCHÖNER ALS EIN TRAUM. Das, was mein Leben war, schenk' ich Dir, hüll es ein mit Deinem Wesen, und wir werden zerschmelzen und neu auferstehen als EINE LEUCHTENDE GESTALT.

Ich war in Dornach. Wie soll ich Dir die Flut der Gefühle beschreiben, die in mir auf- und abwogten! Ich habe eine ganze Menge Bücher usw. ausgelesen, die alle für Dich sind. Und wenn ich sage, für Dich, kommt mir augenblicklich die Gewissheit: für uns – irgendwann für uns. (Kann man Bücher für ein späteres Erdenleben irgendwie und – wo aufbewahren? Wenn ja, kaufe ich das nächste Mal eine ganze Anzahl der bezaubernsten Kinderbücher).

Du, meine Welt! Ich schaue in Deine Augen und flehe zum Himmel, dass er mir die Kraft gibt, mein hohes Schicksal mit Demut und Würde zu tragen. Und in all dem Hingewendetsein zum Geist, zum Ewigen, bin ich auch – und ganz für Dich!!! – warmes Fleisch, warmes, stöhnendes Blut, brennendste Sehnsucht. Ob das meine Ewigkeit ist?

Je t'abandonne mes lèvres, ma bouche, mon corps, prends moi!

A toi pour l'éternité. C.

Gossau, 25.11.1981

Nun ist das Mass der Sehnsucht voll ◊ dass jäh die
Tränen an ihm hangen ◊ und wir der Liebe hohen
Zoll ◊ in heissem Schmerz errangen ◊◊◊ Wann
endlich lädt die Zeit uns ein ◊ ohn' jegliches
Bedrängen ◊ uns weltverloren gut zu sein ◊ indes wir
aneinander hängen ◊◊◊ Und wie im Märchen-
bilderreim ◊ durch aberhundert Freuden gehn ◊ in
unserm Wolkenkuckucksheim ◊ in sanfter Lebens-
winde Wehn. F.

Basel, 26.11.1981

Mein lieber Frédéric,
eben bin ich erwacht mit Mozartmusik und schaue
aus den grossen Fenstern des Hotelzimmers auf die
Vogesen, dort – in die Weite.

Mein Herz ist bei Dir daheim. Wil ist glücklich, dass
ich da bin; die Abende verlaufen harmonisch bei
interessanten Gesprächen und freundschaftlichem
Beisammensein, wobei die „quatre étoile ambiance
feutrée" des Hotels ganz angenehm ist. Der liebste
Ort aber, wo ich wohnen möchte, ist unser Hüsli im
Wald. Wir sind erst heute abend in Colmar. Morgen
Freitag reise ich mit dem Zug zurück. Wil kommt spät
mit dem Flugzeug.

Du musst diesen Brief zwischen den Zeilen lesen.
Ich habe ein wahnsinniges Heimweh nach Dir und
verbiete mir, mich gehen zu lassen. Ich möchte Dich
am Telefon hören, möchte mich an Dich schmiegen,
möchte einfach ganz ruhig, und dabei so glücklich,
neben Dir sein. Ich küsse Dich voll Liebe. Deine
Frédérica

Colmar, 27.11.1981

Frédéric,
hast Du Ernesto Cardenal schon kennengelernt?
Seine poetische Ausdrucksweise und die tiefe,

warme, liebende Gedankenwelt dieses Menschen
faszinieren mich. So sagt er: (er spricht von Gott) Ich
würde zu Fuss bis ans Ende der Welt laufen, wenn
ich Dich dort finden würde. Aber Du bist nicht am
Ende der Welt, sondern in Mir.

Oder: Alle Blicke der Liebe dieser Welt sind in
Deinem Blick, und Deine Augen sind in meine Augen
getaucht durch alle Ewigkeit hindurch, durch alle
Ewigkeit hindurch sehen sie mich an."

Ich werde Dir in Kürze sein „Buch von der Liebe"
schicken, weil ich genau weiss, dass es Dich
herumschütteln wird in Seligkeit und Begeisterung,
genau wie es mir jetzt geschieht.

In 30 Minuten fahre ich nach Basel. Bald, bald
werde ich Deine Stimme hören.

Frédéric, ich bin Dein und verschmelze deshalb vor
lauter Glück. In Liebe Deine Frédérica

Gossau, 29.11.1981

Nachdem so schwer ein Schatten es bedrückte ◊
brennt mir das Lebensflämmchen wieder zart ◊
sodass nur da zu sein mein Herz beglückte ◊ und
sich die Freude mit der Wohltat des Genesens paart
◊◊◊ Wie hart war doch die Pein in bangen Nächten ◊
deren Dunkel glüh'nden Fiebers Weh durchzog ◊
und Phantasien, die nichts als Erschöpfung brächten
◊ bis sich das Aug zu kümmerlichem Schlummer bog
◊◊◊ Gesegnet sei das Licht des neuen Morgens ◊
das strahlend mir die heiss ersehnte Wende bringt ◊
und mir mit der Gebärde des Umsorgens ◊ des
Lebens allerschönste Melodien singt. F.

Genf, 30.11.1981

Du, meine Welt!
In Deiner Hand liegt mein Schicksal, auf Gedeih und
Verderben. Dir bin ich ganz ergeben, rettungslos an
Dich verloren.

Ich bin untergegangen im Meer Deiner Poesie, vergessend Zeit, Ort, ja selbst meine Identität. Ich bin ganz Dich geworden, weil das zarte Wellen- und Flügelschlagen Deiner Seele mich umhaucht, umwirbt, mich in Dich wie in Watte bettet, sodass es keine Erdenschwere und keine Materie mehr gibt.

Deine lebendig sprechenden Gedichte fliegen wie bunte Paradiesvögel aus unserer gemeinsamen, grossen Welt meiner Seele zu und nehmen restlos von ihr Besitz. Nie hab ich solches je erleben und fühlen dürfen ausser durch Dich.

Frédéric, kein Mensch auf der ganzen Welt sieht Dich so, wie die entzückten Augen meiner Seele Dich sehen, d.h. sieht das Unsichtbare in Dir, das feine Gewebe Deiner Gefühle, Dein zartes, kostbares Leben, (oh wie ich Dich bei diesem Anblick so über alles liebe!) und die umarmende, göttliche Sanftmut, die aus Dir strömt. So sehe ich jeden Quadratcentimeter Deines Körpers, Deines Geistes, Deines Genie's, als ein feinstes, hauchzartes Gebilde, das ich voll Erfurcht antaste, das ich aber auch beschützen will und für welches ich mich im höchsten Mass verantwortlich fühle.

Jeder Quadratcentimeter Deines Wesens (ich beschreibe Dir genau, was meine Seele sieht) ist ein leuchtender Punkt und alle Lichter zerfliessen ineinander, bewegen sich hin und her, in langsamen, harmonischen Rhythmen; Deine Strahlen treffen mich mitten ins Herz und ich empfinde ein übergrosses, unendlich schmerzlich-süsses, berauschendes Glück und Bewusstsein, AUF ALLE EWIGKEIT Dir anzugehören.

Du füllst mich aus und meine Liebe will zu Dir, zu Dir, zu Dir, will identisch werden mit Dir, um so, mit Dir Eins geworden, den Himmel zu erstürmen. Oh

Frédéric, fühlst Du wie erbarmungslos ich brenne?
C.

                              Genf, 1.12.1981
Eine seltsame Blume, dem heissen Wüstensand
entsprungen ◊ die Winde der Zeit sind über sie
dahingefahren ◊ da steht sie, ungeknickt, rührend in
ihrer Einfachheit ◊ die Liebe zu besingen.
   ... und wenn Du einen stillen Moment hast, lass
Dich überwältigen. C.

                              Gossau, 1.12.1981
An des Tages später Neige ◊ flüchte ich mich leis zu
dir ◊ die mir Liebesfreuden zeige ◊ hier und hier und
hier und hier ◊◊◊ Welche Sanftmut bergen deine
Lippen ◊ doch gepaart mit heisser Glut ◊ sei's voll
Inbrunst, sei's im Nippen ◊ sind sie immerdar mir gut
◊◊◊ Selig sehn wir uns getaucht ◊ in ein Meer von
Zärtlichkeiten ◊ fühlen was die schönste Liebe
braucht ◊ Weiten - Weiten – Weiten. F.

                              Gossau, 2.12.1981
Spürst du den milden Hauch von Güte ◊ mit dem ich
nächtens dich umheg ◊ und dich, mein Kleinod,
zärtlich hüte ◊ indem ich dir mich ganz vergeb ◊◊◊
Lass dich von mir der Welt entrücken ◊ in der du
eingeflochten lebst ◊ und hoch in Himmeln reich
beglücken ◊ durch die du selig mit mir schwebst ◊◊◊
Um lautre Wonnen zu erfahren ◊ in deines Herzens
heil'gem Schrein ◊ in unaussprechlichem Gewahren
◊ der Göttlichkeit im reinen Sein.

                              Gossau, 2.12.1981
Traulich lieg ich dir zur Seite ◊ bis die Äuglein nicken
ein ◊ und beschliessen dieses Heute ◊ glänzend
noch vom Glücklichsein ◊◊◊ Das mir deine Nähe
spendet ◊ deines Wesens Harmonie ◊ die in
Lauterkeit versendet ◊ was der Seele Flügel lieh ◊◊◊

Dass in Träumen sie sich regte ◊ himmelhoch zu
schweben hin ◊ bis sich strahlend um sie legte ◊
eines Engels Baldachin. F.

Gossau, 3.12.1981

Wenn früh des Tags ◊ der Sonnenstrahl dich öffnet
◊ geliebte Blume ◊ und lichte Wärme dich vom
nächt'gen Ruhn erlöst ◊◊◊ Wenn deine Blätter sich in
samtner Weichheit biegen ◊ und neues Leben ◊ dich
durchpulst ◊◊◊ Dann atme ich mit dir ◊ des reinen
Glückes Hauch ◊ den uns der Morgen schenkt ◊ und
dankend preise ich ◊ den Herrn der Welten. F.

Gossau, 5.12.1981

Dir weih ich diesen Freudenreim ◊ um voll
Begeisterung zu sagen ◊ wie tief ich fühle mich
daheim ◊ in Liebeskräften die mich tragen ◊◊◊ Und
denen ich vertrauend schenke ◊ was immer ich im
Wesen bin ◊ sie geben, eh ich's recht bedenke ◊
dafür mir tausend Schätze hin ◊◊◊ Die funkelnd in
der Welt erscheinen ◊ von Zauberhand ans Licht
geführt ◊ um sich dem Schönen zu vereinen ◊ das
ahnend meine Seele spürt ◊◊◊ Und das zutiefst dem
Menschenleben ◊ beseligenden Sinn verleiht ◊ und
allbefreiendes Erheben ◊ dem eine Gottheit Flügel
leiht. F.

Genf, 6.12.1981

Ludwig,

Du bist eine herrliche Gestalt, weich wie Samt und
wohlgeformt in Deiner männlichen Schönheit. Du
hast einen ganz persönlichen Charme, der mich
schwach macht und mich wie ein Magnet an Dich
zieht. Jede Liebkosung, oder auch nur flüchtigste
Berührung Deiner Hände und Füsse bringen mein
Blut zum Sieden. Du wirkst so stark auf mich, dass
oft ein blosser Gedanke an Dich jede Faser meines
Leibes zum vibrieren bringt und ich mich mit Dir so

eins fühle, als wären wir wie im Märchen ineinander versunken zum restlosen Sich-Verschenken.

Aber dann, Ludwig, und darum schreibe ich dies nieder, bist Du für mich noch eine ganz andere Gestalt, von der ich in tiefen, geheiligten Stunden wie dieser, fühle, dass sie unberührt bleiben muss. Du erscheinst mir als mein Lehrer, als Mystiker, als durchgeistigter, blutjunger Priester, dem ich eine ganz andere Form von Liebe entgegenbringe.

Du hast mir alles Göttliche wieder nahegebracht, jenes strahlende Licht aus der Sonne, das ich nicht mehr sah. Meine Seele lag erstarrt im Winterschlaf. Du hast sie aufgeweckt mit dem Hauch der Liebe Gottes, indem Du mich seiner Botschaft wieder nahe brachtest und mich dadurch so unendlich beschenkt hast.

Einmal wirst Du zu Gott sagen können: „Ich habe Karin für Dich gerettet." Dann will ich Deiner würdig sein, Ludwig, und in makellosem Kleid dastehen, wenn Seine Augen auf mich fallen.

So bist Du für mich diese zwei Kostbarkeiten, der herrliche Mann aus Fleisch und Blut und der Geist, der Dein Leben krönt und meinem zur absoluten Notwendigkeit geworden ist.
Der Himmel hat uns gesegnet. Deine Carina.

Gossau, 9.12.1981
Kannst du es wohl ermessen ◊ wie schön die Liebe ist ◊ im holden Selbstvergessen ◊ dem du ergeben bist ◊◊◊ Gar sanfte spürst du fliessen ◊ den Strom der Sympathie ◊ im seinsverlorenen Geniessen ◊ der wundervollen Harmonie ◊◊◊ Durch die wir lauschend schweben ◊ dem Freudenlicht geweiht ◊ und seligen Erheben ◊ ins Reich der Ewigkeit. F.

Gossau, 10.12.1981

Herr lass was reich in unsern Herzen blüht ◊ an ungestillter Sehnsucht sich erfüllen ◊ sosehr sich unser Hoffen auch verfrüht ◊ du wirst sie endlich in Erbarmen hüllen ◊◊◊ Und uns auf liebevolle Art gewähren ◊ was leuchtend schon als Bildnis vor uns steht ◊ in dir wird alles sich zur Milde kehren ◊ was jetzt noch wogend unser Inneres bewegt ◊◊◊ Wenn dann verklärtes Lächeln auf den Zügen ◊ der an die Zärtlichkeit Vergeb'nen ruht ◊ ist nach geduldig, tugendvollem Üben ◊ in tausend Seligkeiten alles gut. F.

Gossau, 13.12.1981

Flieg an mein Herz du Schöne ◊ im lichten Frühlingswind ◊ dass ich dich lieb verwöhne ◊ mit Seligkeiten lind ◊◊◊ Die meinem Mund entfliessen ◊ den Händen, meinem Sinn ◊ beglückendes Geniessen ◊ geb ich dir lächelnd hin ◊◊◊ Dass du mir in den Armen ◊ ein feines Röslein blühst ◊ in pochendem Erwarmen ◊ herzinniglich erglühst ◊◊◊ O sel'ger Tanz der Liebe ◊ der ewig um und um ◊ zur höchsten Freud uns bliebe ◊ im edlen Menschentum. F.

Gossau, 14.12.1981

Nun darf ich in der Hand ◊ der Göttlichkeit mich bergen ◊ darf in ihr unverwandt ◊ Glückseligkeiten erben ◊◊◊ Sie fliessen durch die Seele hin ◊ in wundersanftem Strömen ◊ von dessen Güte ich empfing ◊ tiefinniges Versöhnen ◊◊◊ Was will ich mehr als still zu sein ◊ in Gottes lichten Winden ◊ s'ist ein vertrauliches Daheim ◊ im ew'gen Wiederfinden. F.

Gossau, 14.12.1981

Liebe die Rose solang sie blüht ◊ oh lieb sie ◊ du weisst nicht wann sie verglüht ◊ Es mag der Tag noch hell aufgehn ◊ der Abend wird sie verwelket sehn ◊ oh liebe die Rose solange sie hold ◊ dir verschenket ihr samtenes Gold ◊◊◊ Noch kennst du

99

den Kummer ◊ den nagenden nicht ◊ der raubt dir den Schlummer ◊ verlöschet das Licht ◊◊◊ Oh liebe die Liebe ◊ bereit ihr ein Heim ◊ solang sie dir bliebe - dann bist du allein ◊◊◊ In Tränen versunken ◊ vermissend im Weh ◊ wenn du ihr gewunken ◊ das letzte Ade. F.

Gossau, 14.12.1981

Deine Nähe zu erfahren ◊ schwärmt die Seele nächtig aus ◊ bienenfleissiges Gebahren ◊ findet dich sogleich im Haus ◊◊◊ Und bereitet dir im Freien ◊ holder Liebeswerbung Tanz ◊ ein Gesumme wie im Maien ◊ unter Mittagssonnenglanz ◊◊◊ Welch ein wonniglich's Frohlocken ◊ wenn der Liebsten, schon betört ◊ will das heisse Herze stocken ◊ das nur ihm allein gehört ◊◊◊ Und sie sinken selig wieder ◊ in den allerschönsten Traum ◊ dessen Düfte strömen nieder ◊ zu der Liebe Märchenraum. F.

Gossau, 15.12.1981

Gottes Liebe, Gottes Licht ◊ lösen dich von allen Übeln ◊ gross vor deinem Angesicht ◊ hinter jenen Hügeln ◊◊◊ Was vor deiner Seele steht ◊ ist dein ganzes Leben ◊ und was leise sie durchweht ◊ göttliches Vergeben ◊◊◊ Sei getrost in Seinem Reich ◊ wohlgeborgen immerzu ◊ nichts kommt Seiner Schöne gleich ◊ in glücksel'ger Ruh. F.

Gossau, 15.12.1981

Und trennt die tiefgefurchte Erde ◊ uns für Zeiten noch lebendigen Leibs entzwei ◊ wird uns im sagenhaften Werde ◊ das Sein geschenkt, das uns todsicher sei ◊◊◊ Arkadien nenn ich des hellen Glückes Spur ◊ der Sonne Strahlen im entzückenden Azur ◊ dahin, o mein Geliebter, möcht ich ziehn ◊ wo ich für Ewigkeiten bei dir bin. F.

Gossau, 15.12.1981

Nur eine kleine Weile ◊ warte noch, eh du von dannen schwebst ◊ und mir das Weh, das nimmermehr verheile ◊ tief ins Herze gräbst ◊◊◊ Gib mir noch Zeit ◊ dich wirklich so zu lieben ◊ dass für die Ewigkeit ◊ die Liebe mag obsiegen ◊◊◊ Und uns verbinden hoch im Bogen ◊ den wir in sehnender Manier ◊ vom Hier zum Dort gezogen ◊ oh Liebste glaube mir ◊◊◊ Nichts wird uns jemals scheiden ◊ Gedanken sind kein Traum ◊ und was wir immer leiden ◊ wird führen uns zum Raum ◊◊◊ In dem wir endlich uns begegnen ◊ erlöst vom tiefgefühlten Leid ◊ auf Wegen, die sich fliessend ebnen ◊ zur ewigen Glückseligkeit. F.

Genf, 16.12.1981

Es wird mir butterweich ums Herz, Frédéric, beim Durchblättern und Lesen der Dezember-Swissair-Gazette.

Mit dem Kloster Einsiedeln sind eine Menge meiner Kindheits-Erinnerungen verknüpft. Mein Bruder Paul machte hier sein ganzes Gymnasium und die Matura.

Ich habe da unzähligen Schachtournieren beigewohnt. Paul war Mitglied des Studentenschachklubs und mein Bruder Kurt wurde häufig als aktiver Gast eingeladen (er ist ein vorzüglicher Spieler) und ich wurde da jeweils als Anhängsel mitgeschleppt und toleriert.

Hingegen durfte ich öfters mit dem damaligen Abt Benno Gut, der mit meinem Vater befreundet war, im „grossen Saal" vierhändig Klavierspielen, was damals für mein Mädchenherz ein tiefgehendes, musikalisches und menschliches Erlebnis war.

Derselbe Abt hat meiner Familie eine Weihnachtskrippe geschenkt, die von einem Benediktiner-Mönch aus rohen Birnbaumästen gezimmert wurde und damals schon ururalt war. Diese Krippe ist jetzt bei uns in Genf und jedes Jahr stelle ich sie mit viel Liebe und Sorgfalt unter den Christbaum. Das Jesusknäblein ist aus Wachs geformt und liegt auf so brüchigem Stroh, dass man dieses kaum anrühren darf, sonst zerfällt's.

Und da kommt mir wieder jene Episode in den Sinn, die mein Bruder Paul während seiner Schuljahre im Kloster Einsiedeln persönlich erlebt hatte und die mich damals, ich war etwa vierzehn Jahre alt, zugleich belustigte und beeindruckte.

„Da war ein Maturand, der während der Exerzitien seine Generalbeichte abgelegt hatte und dem es dann so wohl ums Herz war, dass er die unzähligen, endlosen Steintreppen von den Schlafsälen bis hinunter ins Erdgeschoss mehr flog und rutschte als ging und in die Totenstille des ehrwürdigen, in sich versunkenen Klosters und seiner Bewohner donnerte und posaunte: Juhuuu, ich habe ge-beichtet."

So könnte ich noch eine ganze Anzahl weiterer Anekdoten und Erlebnisse erzählen, die mit dem Kloster Einsiedeln zusammenhängen und die jetzt durch dieses Swissair-Blatt wieder aus den Tiefen steigen. Im Laufe der Zeit wirst Du auch diese noch zu hören bekommen. C.

Gossau, 17.12.1981

Adelaide,

wohl die letzten Zeilen dieses Jahres. Soeben habe ich, neben Dir sitzend in unserem Dom, das Schumann-Klavierkonzert gehört. Lippatti sass, wieder verkörpert, aus Freundschaft zu uns und um unserer Liebe willen, am Flügel. Wir sahen ihm zu wie er spielte mit seinen zauberhaften Händen, die in höchster Reinheit dem Flügel alles gaben was in ihm war: kristallklares Klingen wie von Gläsern, die zusammenstossen, perlendes Aufeinader-folgen von Tönen in höchster Kultiviertheit und schwebender Leichte, elementare Dynamik zuzeiten, nicht Dämonenhaft, sondern der Wucht herabstürzender Wasserkaskaden vergleichbar. Und immer durchscheinend eine reine, gläubige Seele, welche ebensolche Engelwesen zu ihren Freunden zählt. Dabei könnte man vergessen, welche Disziplin und Ausdauer, welcher Mut zur Vollkommenheit und – welche Gnaden sich hinter diesem genialen, göttlichen Spiel verbergen: Bescheidenheit wahrer Grösse, das Sich-den-Ursprungskräften-Ergeben, lächelndes Schauspiel verwurzelt in den Fundamenten des Seins.

Und diese faszinierende Komposition, eine Schwester Deines Gemüts, sprühend von Leidenschaft, Feinheit und Lieblichkeit in fibrierendem Wogen. Die Wellen dieser Musik nehmen uns mit, bewegen uns sanfte in Rhythmen seligen Wiegens, reissen uns hin zwischen Klippen und strömen dann aus ins unendliche Meer, in dem abends die Sonne sich badet, welch Zischen, um dann in den Grüften und Schlünden der Erde, sie wärmend, liebkosend in seliger Trautheit zu ruhn.

Lang noch, nachdem der letzte Akkord verklungen, sitzen wir schweigend. Die Gestalt Lippattis löst sich auf, um wieder vollends in Reichen des Geistes zu weilen.

Der Odem einer heiligen Weihe erfüllt den Raum. Wir schauen zum Sternengewölbe auf und werden uns mit inniger Bewegtheit und Dankbarkeit dessen bewusst, dass die Erscheinungen am nächtigen Firmament, die Sterne, das Aufleuchten der göttlichen Liebe bedeuten. Rings und rings umgeben sind wir von dieser bis zum Sichtbaren gesteigerten Zuwendung reiner Güte, die uns noch viel mehr im Unsichtbaren umhüllt und durchflutet, sodass wir wie gebadet sind in einem Auferstehungslichte, das unser Dasein zur Schönheit verklärt und von dem wir gewiss sind, uns nimmer zu scheiden.

Beim milden Licht einer Kerze schaun wir uns an, und es geschieht, dass wir uns inne werden, wie unsere strahlenden Augen Abbilder der Sterne sind, die Liebe, nichts als Liebe verströmen und in deren warmem Glanz unsere Herzen voll Glück sich geborgen fühlen. Es ist Weihnacht geworden in uns in dieser benedeiten Stunde; aufgegangen ist uns das Licht der Welt, der Stern von Betlehem, in dem alle Liebe vereint ist zu wunderbar kraftvollem Strömen.

Komm, Freundin meines Lebens, verweile in Sanftmut an mich gelehnt in der glückseligen Stimmung des Gemüts, die uns durchflutet, sodass wir, reglos geworden und ganz verinnerlicht, uns als lebendiges Sinnbild vollendeter Liebe erweisen. F.

Gossau, 20.12.1981

Es ging ein Säuseln durch den hochgestammten Wald ◊ im Morgenlichte hört ich es als wie ein Singen ◊ und freute mich darauf, dass es mir bald ◊ am Horizont das Strahlenrad der Sonne würde bringen ◊◊◊ Da füllt ein wundervolles Ahnen Herz und Sinn ◊ es käme noch in dieser benedeiten Stunde ◊ ein unverhofftes Glück voll Sanftmut zu mir hin ◊ und da entfuhr es - Frédérica- meinem Munde ◊◊◊ Es war, dass sie - wie aus der Erd geboren - stand ◊ und neben ihr ein zahmer Hirsch der ihr gehörte ◊ von ihren Schultern wallte weiss ein Härenes Gewand ◊ es war ein Bild, das mich im Allerinnersten betörte ◊◊◊ Und hinter diesem sah ich nun die goldne Sonne sich erheben ◊ zu lichtem Glanz entzündend eine sagenhafte Welt ◊ erweckend sie mit ihrem Liebes- kuss zu neuem Leben ◊ zu dem des Tages Regsamkeit sich froh gesellt ◊◊◊ Und Schritt um Schritte ging ich zur Erscheinung hin ◊ die

Allerliebste heiss mit Armen zu umschliessen ◊ da - hielt ich bebend ein - auf meines Wegs Gewinn ◊ begann - oh Schreck - das Bildnis sachte zu zerfliessen ◊◊◊ Doch als ich mählich aus der Tiefe der Benommenheit erwachte ◊ in deren Abgrund mich der jähe Schmerz gestürzt ◊ erkannte ich, dass die Erscheinung doch mir brachte ◊ zutiefst im Herzen des Vereintseins Wonne - ungekürzt ◊◊◊ So hob sich hoch hinauf mein sehnsuchtsvolles Lieben ◊ in Sphären, die noch rätselhaft vor unsern Seelen stehn ◊ doch tief im Wesen bleibt mir die Gewissheit eingeschrieben ◊ dass wir dereinst beglückt in ihre Herrlichkeiten gehn. F.

Gossau, 21.12.1981

In diesem morgenlichen Weilen ◊ darf ich im zarten Seelenbund ◊ das stille Dasein mit dir teilen ◊ es ist die benedeite Stund ◊◊◊ In der wohl viele, die da liegen ◊ in Traulichkeit umfangen sind ◊ von einem inniglichen Frieden ◊ der lächelnd sie für sich gewinnt ◊◊◊ Und dessen Gegenwart wir spüren ◊ wenn im Erwachen hoffnungsvoll ◊ wir wieder diese Welt berühren ◊ oh, dass er uns begleiten soll ◊◊◊ Bei dem was wir im Tag erleben ◊ er wird gewiss uns allzumal ◊ aus herben Traurigkeiten heben ◊ gleich einem Freudensonnenstrahl.

Gossau, 24.12.1981

Die Augen der Liebe durchdringen die Nacht ◊ und sehn dich im luftigen Kleide ◊ da hab ich dein Köpfchen mit Blümchen bedacht ◊ meine liebliche, adlige Heide ◊◊◊ Und leg auf die Schulter dir sachte die Hand ◊ dich gemächlich im Schritte zu führen ◊ frühmorgens durch's sommerlich blühende Land ◊ und die Frische des Taus noch zu spüren ◊◊◊ Da hebt sich im Osten die strahlende Glut ◊ uns wärmend mit freundlicher Minne ◊ und wir sind einander so inniglich gut ◊ dass das Herz uns zur Freude gerinne.

Genf, 28.12.1981

Lieber,

wenn ich Dir meinen Ruf durch den Äther sende, dann schmelzen die Schneeflocken, dann wogen die weissen Wolken am Himmel sachte auf und nieder, dann leuchtet röter die untergehende Sonne, dann wird Dein Herz leise berührt und Deine Seele erzittert, weil sie die sanfte Stimme ihres Gegenübers hört.

Und verhalten ruft sie zurück und so webt ein liebliches Zwiegespräch durch die Erdenaura. Ich empfinde es real wie ein helles Glockenläuten in der gläsernen, kalten, reinen Winterluft, ein Lied --- ein Lied --- F-r-é-d-é-r-i-c ... ich spüre die Sehnsucht in mir aufsteigen, nimm mich in die Arme, NIMM MICH. C.

Gossau, 29.12.1981

In deines Herzens Stübchen ◊ fühl ich mich ganz daheim ◊ und geh, ein Menschenbübchen ◊ gern darin aus und ein ◊◊◊ Doch soll es auch geschehen ◊ dass ich, ein Adler gross ◊ will durch die Lüfte wehen ◊ mit starker Schwingen Stoss ◊◊◊ Du folgst mit bangen Blicken ◊ dem himmelweiten Ziehn ◊ gibst dich mit weherfülltem Schicken ◊ der Herzenssehnsucht hin ◊◊◊ Da schwirrt der Flügel nieder ◊ der niemals dich vergass ◊ bis er in Trautheit wieder ◊ der Liebsten Huld besass. F.

Gossau, 30.12.1981

Selige Carina

Oh Gott, wie ist das schön! Soeben habe ich, auf dem Bette liegend, Dein Musikband gehört; den Tönen gelauscht, ergriffenen Herzens, Deiner lieben Stimme, die mit den Klängen und den Worten zur Dreieinigkeit gerann, zur frohen Botschaft, zum

Geschenk, wie ich's in meiner Welt so kostbar nie erhalten.

Du schön Gebenedeite, Du mein Stern und meine Flamme, hell und warm, wie will ich Dich behüten im Gefächer meiner Seele, dass Du mir leuchtest durch die Zeit und strahlst durch Ewigkeiten mir die allerreinsten Freuden zu.

Du Wonne meines Herzens. Lass doch in Dankbarkeit vor Dir mich neigen – und vor dem Himmel, der die Gnade Deiner Freundschaft mir vergab. Welch unvergleichlich hoher Wert von Deinem Wesen strömt in Überfülle meinem zu; und trinken, trinken ◊ will ich von ihm ohn' Besinnen ◊ dir in die Arme sinken ◊ nimmer zu entrinnen ◊◊◊ Lass mich in selig zartem Kuss ◊ mit ihr in eins verschmelzen, Herr ◊ zu einem fugenlosen Guss ◊ Du ewig Menschenfreundlicher ◊◊◊ Wir sind in Deinem Zelt zur schönen Lieb genesen ◊ sind einzig auf der Welt ◊ einander auserlesen ◊◊◊ Wie fass nach allem Herzeleid ◊ das mir beschert das Leben ◊ ich unverhofft so hohe Freud ◊ in unerschöpflichem Vergeben ◊◊◊ Voll Danken sink ich vor Dich hin ◊ des Güt' mir solchen Wert erwiesen ◊ oh Herrlicher, des Kind ich bin ◊ mit ihr auf Liebesblumenwiesen.

Gossau, 31.12.1981

Derweil ich friedvoll bei dir ruh ◊ umhüllt vom nächtigen Gewand ◊ und deinen Atem spüren tu' ◊ gibst du mir leis im Schlaf die Hand ◊◊◊ Bewegt empfind ich dies Geschehn ◊ als wie ein Gruss aus andern Welten ◊ die wir mit wachem Aug nicht sehn ◊ dir aber mag er so noch gelten: ◊◊◊ Du fühlst vor Unheil dich gefeit ◊ was immer du magst träumen ◊ bist holder Traulichkeit geweiht ◊ in hellen, lichten Räumen. F.

Gossau, 31.12.1981

Oh wehes Los ◊ ihr Götter habt Erbarmen ◊ wann ruh ich bloss ◊ in ihren Liebesarmen ◊◊◊ Wo ich behend versink ◊ wenn's eure Güte duldet drum ◊ auf ihren Wink ◊ ins himmlische Elysium. F.

Gossau, 31.12.1981

Weil du so zärtlich schnatterst ◊ vor meinem kleinen Haus ◊ und mir das Herz ergatterst ◊ flieg ich zu dir hinaus ◊◊◊ Und bade dich und herze dich in hunderttausend Küssen ◊ mein vielgeliebter Enterich ◊ die Zeit dir zu versüssen ◊◊◊ Bei unserm ringelrunden Teich ◊ ist alles Sonn und Weile ◊ an Trautheit sind wir überreich ◊ fernab von jeder Eile ◊◊◊ Geniessen hocherfreut ◊ ein stillvergnügtes Paar ◊ was jeder Tag uns beut ◊ und das glücksel' ge Jahr.

Gossau, 31.12.1981

In Deiner Weisheit ist beschlossen was immer mir im Leben widerfährt ◊ Du hast Dich in mein Herz gegossen ◊ wo sich das Hiersein nie verjährt ◊◊◊ In Gnaden bin ich bei Dir aufgehoben ◊ darf ewiglich mit Dir verbündet sein ◊ und mögen noch so wilde Wellen mich umtoben ◊ so fühle ich mich stets bei Dir daheim ◊◊◊ Du spendest meinem Wesen Frieden ◊ den diese Welt ihm nie vergibt ◊ in unerschütterlichem Lieben ◊ das alle Wirrnis wunderbarerweis besiegt.

Genf, 31.12.1981

Lieber Frédéric,

Das Jahr klingt aus. Noch wehen ein paar letzte, süsse Töne an unser Ohr von der Jubelsinfonie der vergangenen zwölf Monate.

Wir haben zusammen vibriert, zwei Saiten, die jede ihre ureigenste Melodie gesungen und die, zusammen gelauscht, ein feines, harmonisches, einstimmiges Lied zu den Sternen aufsteigen liessen, zu dem Meister, der diese beiden Saiten miteinander zum Schwingen brachte, in einer göttlichen Resonanz.

Sterne! 1981 war unser Jahr der Sterne. Wir haben sie in Überfülle in Wirklichkeit und als Symbol erlebt. Wir haben sie mit ausgebreiteten Armen im Fluge aufgefangen. Wir haben sie in unseren offenen Herzen getragen und sie haben aus unseren Augen gestrahlt. Sie glühen weiter in unseren Seelen und unseren Leibern und lassen Dich und mich leuchtend in ein neues Jahr eingehen. Der Pfad wird wieder über hohe Berge und durch tiefe Täler führen, aber nie können wir vom Weg abirren oder uns verlieren, ihr kristallenes Licht verlässt uns nicht.

Du bist mein kostbarster Stern ... glänzendes Gestirn am Himmel meiner Welt. Oh, leuchte weiter – Du, meine Morgen- und Abendröte, tausendfach will ich's Dir danken mit der Hingegebenheit meines Lebens. Deine Frédérica

Gossau, 2.1.1982

Mich schaudert, wenn ich daran denke ◊ wie du mir ständig fern musst sein ◊ oh du mein süsser Wein und meine Schenke ◊ bei der ich allzugerne kehrte ein ◊◊◊ Um müd vom langen Weg dahinzusinken ◊ und traum-verloren lieb vereint ◊ mit dir die Seligkeit zu trinken ◊ nach der mein Herz sehnsüchtig weint ◊◊◊ Wie lang ich doch nach jenem Garten ◊ in dem so holde Blumen stehn ◊ und muss ob all dem vielen Warten ◊ vor Ungeduld beinah vergehn ◊◊◊ Ihr Himmlischen, die ihr des Schicksals Züge ◊ in weis verhalt'nen Händen hält ◊ euch trau ich zu, dass sich beizeiten füge ◊ der Morgen jener Wunderwelt ◊◊◊ In der wir wie vom Traum erwachend ◊ in wonnevollen Daseins Arme eilen ◊ und endlich kinderselig lachend ◊ uns tausend Herrlichkeiten teilen. F.

Genf, 4.1.1982

Die Augen müssen sich erst der Tränen entwöhnen, um klar zu sehen ...Davon bin ich weit entfernt.

Meine Sehnsucht nach Dir ist allgegenwärtig und alles in mir ruft Deinen Namen, sucht Dich. Komm, oh komm. C.

Dornach, 5.1.1982

Mein geliebter Frédéric,

wenn Du mich sehen könntest! Da sitze ich an einem Holztischchen im ersten Stock des Goetheanum, weisst Du, da wo die Steintreppen von oben herunterkommen, da, wo die Terrasse ist, auf der ich einmal ein paar Minuten auf Dich wartete.

Mit geschlossenen Augen gehe ich an allen Telefonkabinen vorbei. Ich möchte Deine Stimme hören, so wahnsinnig gerne möchte ich das.

Geduld --- Geduld! --- Oh Du, wann müssen wir einmal nicht mehr Geduld haben?

Spürst Du den Hauch meiner Sehnsucht? C.

Gossau, 6.1.1982

Sende süssen Trost hernieder ◊ liebreich nächtig kühlen Tau ◊ der die Ros' erquicket wieder ◊ Hoffende auf grüner Au ◊◊◊ Lass sie länger nicht mehr darben ◊ ihres Köpfchens Anmut heb ◊ eh die Blätter ihr erstarben ◊ schicke was sie neu beleb ◊◊◊ Und des Himmels Licht lässt schauen ◊ dessen Kraft' sie hell durchström' ◊ makellos beseeltes Blauen ◊ das sie mit sich selbst versöhn'. F.

Gossau, 9.1.1982

Wenn ich meinem Herzen lausche ◊ nächtig in der Sehnsucht Qual ◊ und mit dir Gedanken tausche ◊ durch den stillen Sternensaal ◊◊◊ Wächst aus tief empfundnen Nöten ◊ eine Blume leis heran ◊ deren

Kleid die Purpurröten ◊ unsrer Liebesglut gewann.
F.

Genf, 11.1.1982

Oh Du, es tut mir eigentlich fast etwas weh, dass alle (oder die meisten) dieser herrlichen Bücher schon gelesen sind und mich wieder verlassen. Du hast mir damit einen unschätzbaren Reichtum in die Seele gelegt und mich auf Deinen Weg mitgenommen. Zusammen streben wir zum Ziel. Wie ich Dir dafür danken kann, weiss ich nicht. Aber selig bin ich mit Dir in dieser Welt des Geistes

Frédéric, komm gib mir Deinen Mund, schliess die Augen - Deine Carina

Genf, 20.1.1982

Es klingt mir Deine Stimme im Herzen, lieb, weich, fern. Der Abend mit Brendel war ja natürlich ohne Fehl. Doch wie hab ich Dich vermisst!

Zaghaft tastet sich meine Seele dem 9. Februar entgegen. Sie wiegt sich in einer Märchenwelt und hofft und bangt und träumt ... und ist so krank vor Ungeduld und Liebe.

Oh schenk mir Deine Lippen. Carina
Das Telefon funktioniert jetzt nachts wieder.

Genf, 24.1.1982

Wenn ich jetzt einschlafen könnte, um am 9. Februar morgens wieder zu erwachen, Frédéric! Die Freude, die Ungeduld füllen mein Herz aus, sodass ich nur stumm zu Dir sprechen kann. Aber Du hörst alles. Voll Liebe bin ich für Dich, voll Sanftmut und Zärtlichkeit, die darauf warten, sich um Dich zu legen – bald – bald.

Oh wie war die Natur vollendet schön; gestern im tiefsten Winter auf dem Salève im verschneiten Tannenwald, und heute, wo das Abendglühn auf meinem Gesicht leuchtete, das sich Dir in einem verzauberten Lächeln zuwandte ...

Lächeln ist Reigen – Lächeln ist Kommen und Gehn – Lächeln ist Finden – dem Schwinden sich neigen – Und in vollendeter Anmut – verschweigen – was wir einander gestehn -   (Aus: Ruf des Pirol).

Ich liebkose Dein Haar, Deine Wangen, zitternd vor Erwartung. Deine Carina

Genf, 14.2.1982

Oh Du mein zarter, zärtlicher Poet,
wie überglücklich macht mich das liebliche Brahms-Liedchen, das sich nun plötzlich, von Deiner Hand verzaubert, aus dem staubigen, vergilbten, geliebten Schulgesangbuch wie ein schillernder Sonnenstrahl herauslöst, sich selber – schwebend – als ein Neugeborenes hinhält.

Da wo vom Heimchen auf dem Ährengrund die Rede war, steht jetzt ein geheimnisvoller Name: Frédérica, das weibliche Abbild von Frédéric. Und was diese Namen, die nur uns gehören, an hohen Gefühlen, Gedanken und Erinnerungen in sich bergen, das wissen auch nur wir. Jetzt dieses vertraute Lied wieder zu singen mit Worten, die Deinem Herzen und Deinem Mund entsprungen sind, lässt mich von neuem, und immer wieder staunend, erkennen, wie vielseitig Du bist, begabt mit einer herrlichen Phantasie ohne Grenzen.

Frédéric, mit Dir fange ich mein ganzes Leben noch einmal von vorne an, ich fühle mich zurückgetragen in der Zeit; mit Dir geh ich wieder zur Schule, sitz neben Dir auf der Bank, zusammen machen wir uns auf den Heimweg; wir ziehen über Wiesen und Felder, halten uns am Bächlein auf, lachen und spielen zusammen und werden dann streng gerügt, weil wir zu spät nach Hause kamen. Was tut's? Nur bei Dir kann ich glücklich sein und die härtesten

Schläge des Lebens könnten uns nichts antun, weil wir einander beschützen und vereint immer die Kraft haben werden, alle Aufgaben frohen Herzens zu lösen. Schon jetzt, entfernt von Dir, gibt mir der Gedanke an Dich unendlich viel Halt und Vertrauen.

Du bist von soviel Gnade überflutet und strahlst sie mir zu, dass ich nicht anders kann, als dem Himmel danken, für Dich, für Dein wunderbares Wesen, für alle Freuden und grossen Geschehnisse, die mir durch Dich zukommen.

Behüt' Dich Gott, Frédéric, und lass weiter sprudeln und plätschern den Quell Deines Geistes. In inniger Liebe. Deine Frédérica

Gossau, 24.1.1982

Eine Rose wunderbar ◊ die ich eben pflückte ◊ leg ich dir auf den Altar ◊ dass sie dich entzückte ◊◊◊ Deine lieben Augen ◊ gleiten sanft darüber hin ◊ und du wirst es glauben ◊ deinem hellen Sinn ◊◊◊ Dass sie der Hand, die seidenweich ◊ ihre Pracht liebkost ◊ spendet allsogleich ◊ herzinniglichen Trost. F.

Genf, 31.1.1982

Nur noch neun Mal schlafen.

Lieber, mit grosser Freude und grossem Interesse empfange ich immer alle Dokumente aus Deinem Leben. Es scheint mir, als hätten wir uns immer gekannt. So lieb vertraut bist Du mir. In höchst anschaulicher Weise schilderst Du Szenen, Begebenheiten, Gefühle, Gedanken. „Glückliche" müssen sich diese Jungen nennen, die Dich zum Führer hatten. Wieviele unter Ihnen hast Du für's Leben vorbereitet und für Zeiten markiert? Hätte die Welt viele Lehrer wie Du?

Das Werk über Hölderlin beeindruckt mich. Ich werde es etwas später, wenn ich den Mut dazu habe, eingehend studieren als würdigen Epilog eines

Abends, der sicher einen Höhepunkt in der Kette Deiner Lebenstage darstellt. Ich hatte immer gewisse Schwierigkeiten, mich in Hölderlin hineinzudenken, oder gar mich mit ihm zu identifizieren. Es war mir erstmals gegeben, als ich neunzehn Jahre alt war, ihm vollbewusste Aufmerksamkeit zu schenken. Aber er wirkt auf mich befremdend, obwohl seine Sprache von hoher Schönheit ist. Schon einmal hast Du mich mit seinem Geist erfasst: Ihr wandelt droben im Licht ◊ auf weichem Boden ◊ selige Genien.

Pollini: Ich verliess den Konzertsaal mit beinahe leerem Herzen. Die Musik konnte nicht in mich dringen. Ich weiss nicht warum. Nur von 21.00 bis 21.15 war ich glücklich, erfüllt mit Tönen, mit Mozart, weil Du anwesend warst. (Ich habe Deine Füsschen arg maltraitiert).

Der Rest des Abends war Sophistication, Show, oberflächliches Umarmen und so weiter. Schade. Ich freue mich, im Frühling wieder im Wald den Vögeln zu lauschen. Die meinen wenigstens was sie zwitschern. Auf bald C.

Gossau, 2.2.1982

Oh, Du,

wie ist mein Herz voll schöner Erwartung der Stunden, die uns das Schicksal zur Gemeinsamkeit verschenkt. Wie schlägt es selig Deiner Gegenwart entgegen, dem Moment, wo wir uns sehen und begrüssen – und im Übermass der Freude uns die Tränen kommen möchten. Mit welcher Wärme will ich Dich umfangen und Dich bergen hier an dieser Brust, geliebtes Wesen, wie will ich mit Dir in eins verschmelzen, in Wogen von Zärtlichkeit schwimmend, auf und nieder und berauscht vom Duft, den uns das Meer der Liebe verströmt, das uns umflutet und in seinem Atem heilt von schwerer Sehnsucht, die wir lang, so lange Zeit in uns getragen.

Dir leb ich zu, ein jede Stunde, jeden einzelnen der sieben Tage, die uns noch trennen von der Begegnung hohem Glück. Sei Du gewiss, dass ich mit Dir vor Hoffnung und Verlangen fast vergeh. F.

Genf, 2.2.1982

Bis auf den tiefsten Kern, Geliebter, sind Deine Strahlen gedrungen. Wie haben unsere Seelen verströmend gesungen! Oh – aus dem Samen-wunder ist die Blume der Liebe entsprungen, die in ihrem samtenen grün-lila Schrein, in rührender Blösse kühl, rein uns traumwach durchs Leben wiegt, hin ins unendliche Sein. C.

Gossau, 4.2.1982

Melodien hör ich klingen ◊ voll Sternentraulichkeit in meinem Ohr ◊ es ist ein langgedehntes Singen ◊ das zur Beschaulichkeit mein Herz beschwor ◊◊◊ Meinen Sinn erfüllt ein Hoffen ◊ des Frühlings Zeichen seh ich hell am Himmel stehn ◊ dem Wunderbaren bin ich offen ◊ dass es zu mir sich finde im Vorüberwehn ◊◊◊ Und wie die Wellen wird es wogen ◊ im Spiel umfluten mich und immer mehr ◊ und mit ihm kommt ins Herz gezogen ◊ des Glücks Unendlichkeit, ein lichtes Meer. F.

Gossau, 9.2.1982

Auf den Flügeln schöner Gedanken ◊ komm ich gar frühe zu dir ◊ dich liebvoll zu umranken ◊ im holden Schlafrevier ◊◊◊ Ich künde dir den Morgen ◊ im Flüstern freundlich an ◊ bin da, dich zu umsorgen ◊ soviel ich immer kann ◊◊◊ Du öffnest mir die Augen ◊ da schau ich tief hinein ◊ in deinen Kinderglauben ◊ und fühl mich ganz daheim ◊◊◊ In dem was uns verbindet ◊ geheimnisvoller- weis' ◊ und seine Freude findet ◊ in Trautheit lieb und leis. F.

Gossau, 9.2.1982

Auf dem Heimweg vom Beisammensein.

Dort überm Horizont ◊ steht gross der Mond ◊ als wär er sich's gewohnt ◊ so still und traut ◊ in unsre Welt zu blicken ◊◊◊ Sanfte Trauer ◊ mit dem Glück vermählt ◊ der Stunden, in denen wir ◊ im Tiefsten uns gefunden ◊ mit unsichtbarem Band ◊ nicht mehr zu trennen ◊◊◊ Von Wehmut ist die Brust erfüllt ◊ und bangem Lauschen in den Tag ◊ der morgen mir beginnt ◊ hilf, dass ich ihn ertrag ◊ geliebtes Kind ◊ sonst müsste ich daran verzagen. F.

5

Ich sags dem wilden Ginsterbusch

Genf, 10.2.1982

Es ist erstaunlich, dass es Morgen wurde ohne Dich; eben warst Du doch noch da – wo bist Du jetzt? Mein Herz weint, weint nach Dir und stöhnt. Und nur die Gewissheit, dass es mit Deinem Herzen unzertrennlich verbunden bleibt, kann es trösten. Ich liebe Dich. Ich sag es dem grauen Morgen, der durchs hohe Fenster lugt und siehe da: es scheint die Sonne. Ich sag's dem wilden Ginsterbusch, der im Garten Winterschlaf hält und siehe da: er reckt sich, seine Ästchen bewegen sich, er beginnt zu blühen, eine, zwei, zehn, hunderte von gelben Blüten entfalten sich. Diese Ecke im Garten leuchtet, trieft von Gold. Ich liebe Dich! Mein ganzes Wesen sagt's, ist erfüllt von Dir, strahlt es aus, jubelt es hinaus in den Morgen. Und plötzlich bin ich so in Dir – unsere Seelen wohnen ja ineinander – dass es Stille wird um uns. Wir halten uns an den Händen, schauen uns an – oh wie schön, Du bist mein Geliebter – und schweigen. Wir verstehen einander, so selbstverständlich, ohne Worte, und dieses Schweigen wird zur Symphonie, hebt an zu klingen, erst ganz fein, wie ein Violinstrich, vibriert, verweht. Dann ein helles Tönen, immer mehr, mehr, die Musik schwillt an, brandet, braust, rauscht und trägt uns fort in gewaltigen Wogen. Wir sinken zu Boden, umschlungen, und unsere Tränen des Glücks vermischen sich und bilden einen Strom hellen, klaren Wassers, der alle Traurigkeit wegschwemmen muss. Oh Ludwig, hörst Du dieses Schweigen? C.

Gossau, 12.2.1982

Reiner Liebe entströmt der Nektar schöner Gedanken, die fein Dich umfluten. Hingesendete Zärtlichkeit, wehender Hauch, der Dich hüllt in die Helle der Freude. F.

119

Gossau, 13.2.1982

Liebe Frederica,

öffne weit Deine Arme und nimm hier einige Gedichte, Gedanken frohgemut entgegen, die wie Blumen sind, ein bunter Strauss, Dein Wesen innig zu beglücken.

Fein ruht mein Lippenpaar auf Deinem, welch ein Leichtgewicht, Dich hoch in Paradiese zu erheben. F.

Gossau, 19.2.1982

In Deinen Briefen darf ich wie ◊ in einem Märchenbilderbuche lesen ◊ und Blatt um Freudenblatt sind sie ◊ ein Bild von Deinem zauberhaften Wesen ◊◊◊ Du malst es mit geschmeid'gem Strich ◊ in wundervollen Herzgesängen ◊ die tief in Gründen rühren mich ◊ derweil die Sinne still an ihnen hängen ◊◊◊ Oh welche Fülle hast Du mir gegeben ◊ und gibst sie immer schöner mir ◊ es ist ein unerschöpflich Weben ◊ an unsrer Freundschaft lichterfüllter Zier. F.

Gossau, 19.2.1982

Ich schenk dir mein cuore ◊ das glockenrein dir schlägt ◊ in einen silbernen Tresore ◊ den man am Kettchen trägt ◊◊◊ So wirds an deinem schlagen ◊ von Liebe übervoll ◊ wird täglich zu dir sagen ◊ was dich beglücken soll ◊◊◊ Es ist ein hoffend Singen ◊ ein Zwiegespräch geheim ◊ dem immerfort entspringen ◊ viel Freudenröselein. F.

Gossau, 21.2.1982

Hoch vom Himmel hol' ich Sterne ◊ leg sie myriadenfach wie Sand ◊ glitzernde Geschenke heiliger Ferne ◊ um dich als ein fürstliches Gewand ◊◊◊ Seh vor meiner Seel dich schweben ◊ hoheitsvoll in diamantner Pracht ◊ deinem Bild weih ich mein Leben ◊ holde Königin der Nacht ◊◊◊ Wie mich kleidet in den Purpur ◊ den mir Phöbus' Glut verlieh

◊ steht nach dir mein Sinn nur ◊ dass ich eilends zu dir flieh ◊◊◊ Du errötst ob meiner Nähe ◊ lächelst mich bezaubernd an ◊ die ich wie im Märchen sehe ◊ unvergleichlicher Gespan ◊◊◊ Und im Kuss, den ich dir spende ◊ dass der Tag in Funken sprüht ◊ nehm ich dich in Strahlenhände ◊ edles Herz für mich erblüht ◊◊◊ Nimmer brauchst du mehr zu fragen ◊ hab ich einmal dich erwählt ◊ will ich über'n Himmel tragen ◊   dich durch Welten ungezählt ◊◊◊ Deren Glanz wir uns beschauen ◊ tief empfundnen Dankes voll ◊ den wir innig Dem vertrauen ◊ dem gebührt der höchste Zoll ◊◊◊ Und so wollen wir denn gleiten ◊ lenkend unser Zauberboot ◊ durch den Dom der Ewigkeiten ◊ in der Liebe Morgenrot. F.

Gossau, 21.2.1982

Ich lebe so mit dir dahin ◊ von ew'gem Heimwehwahn durchdrungen ◊ die Seele eine Büsserin ◊ hat leis ihr Klagelied gesungen ◊◊◊ Von dem was ungestillt verborgen ◊ in abertiefen Gründen lebt ◊ und sich voll Sehnsucht jeden Morgen ◊ hinan zum neuerwachten Lichte hebt ◊◊◊ Wann wird ihr einer von den vielen ◊ Genesung schenken in der Zeit ◊ uns schickend unter frohen Spielen ◊ den Nektar der Holdseligkeit. F.

Gossau, 25.2.1982

OSpielball der Götter, du Mensch, dessen Blutspur die Wasser des Lebens durchzieht in seinem Gefolge. Du, dich als Treibender wähnend – und selbst doch auf's höchste getrieben; du Narr deiner Gefühle, in deren Bann und Verwundung du sprachlos, ein Starrender, stehst, oder rasenden Mundwerks dich äusserst zum Äussersten, was für ein seltsames Geschöpf seh ich in dir. Stets folgend dem Lockruf neuen Erwartens, bald hier- bald dorthin taumelnd zu masslosem Glück – und

121

Verderben erfährst du die Welt in – verteufelter Schöne.

Was hebt und – zerschmettert dich, ewigen Wechsels, mit Ketten und Freiheit Geschlagener, wenn nicht du selbst dich bewegtest, Höhen so blau – und den Abgründen zu. Du lustiger Tollpatsch, von dessen Getappe der Raum widerhallt, wenn die emsigen Füsse in Kreisläufen gehn; bist du ein Lernender – wirklich? in dessen zerfurchtem Gehirn sich durch Zeiten allmählich der Same Erkenntnis mit zaghaften Würzelchen festhält; noch droht ihm Verdorren. Doch nähren ihn Säfte, Geduldens und Fragens, erwächst ihm ein Pflänzchen, wird wachsend zum Baum.

Und mit Staunen gewahrt er das Astwerk, in dessen Gefüge sich Schönheit entsprinnt und geordnetes Streben. Zu schwindelnder Höhe die Krone sich hebt, mit den Winden, den wispernden, Zwiesprach zu halten. Verebbt ist der Wogen Gepeitsch und vergessen ihr Schlag, dass fortan in Ruhe die Zweige sich wiegen. In der Benedeiung des ewigen Augenblicks feiert der Mensch in seinen Gründen, hell bewusst, die Geburt des Seins in stillem Versöhnen. F.

Genf, 26.2.1982

Lieber, Lieber!
ist Dir das Leben Goethe's in seinen Einzelheiten gegenwärtig?, die Bande, die ihn und Charlotte verketten, dieses in der Tiefe wurzelnde, absolute Wissen um ein Zusammengehören, ein Ahnen dieser anderen Existenz, in der dieselben Seelen aneinanderklangen?

Gestern Abend bist Du mir so herrlich erschienen, ein genialer Stürmer, vom Feuer bewohnt, und hast mich durch Deine Dichtung erbeben lassen (mir stockte das Herz), hast mich erneut mit dem

Schmerzensbewusstsein der Trennung gesegnet und mich das hohe Glück fühlen lassen – oh grausamer Widerspruch der Liebe – durch Dich die grössten Leiden in nie geahntem Ausmass zu dulden.

Dieses Buch rührt Saiten an, die nun noch bewegter schwingen müssen und in leisem Erstaunen gedenke ich noch nicht allzufernen Zeiten, da Goethe mir einfach zu gross war. Jetzt bist Du da, gibst mir Vieles, das im Dunkel lag, zu verstehen, was Rätsel war, löst sich, Du bist mir der Grösste und so darf Goethe jetzt seinen ihm gebührenden Platz einnehmen.

Wie innig es mich anrührte, Dein flüsterndes „Gute Nacht" zu vernehmen. Ich fühlte Dich so nah.

Gute Nacht denn, auch so; einmal werden wir dem Schicksal Dankgebete schreiben. Deine Carina

Ich fühle mich heute abend versöhnt mit allem und jedem – welch göttliche Ruhe – weiss aber, dass nur allzubald wütende Flammen wieder alles versengen wollen. C.

Gossau, 26.2.1982

Einen Hauch von deinen Lippen ◊ ach was gäb ich dafür hin ◊ hab doch schon soviel gelitten ◊ um den süssen Tau darin ◊◊◊ Den ich im Verschmachten trinke ◊ eh ich dir, vom Glück durchströmt ◊ selig in die Arme sinke ◊ mit dem Leben reich versöhnt ◊◊◊ Das uns soviel hat gegeben ◊ tiefen Leides Schwere zwar ◊ doch zugleich ein stetes Heben ◊ hoch zu Freuden wunderbar ◊◊◊ Die von Herz zu Herze fliessen ◊ trauter Stunden Übermass ◊ dass im wonnigen Geniessen ◊ jedes seinen Schmerz vergass. F.

Gossau, 28.2.1982

Zwei Hoffnungsblumen blühn auf meinen Brüsten ◊ und sind auf's sehnlichste dazu bereit ◊ dass deine sanften Lippen sie mir küssten ◊ in mitternächtiger Verschwiegen-heit ◊◊◊ Mein roter Mund ist vollends dir ergeben ◊ dass du in Weichheit warm darüberfährst ◊ mit jenem Hauch von Zärtlichkeit den du ◊ für's Leben gern ihm selbst-verlor'ner Weis gewährst ◊◊◊ Wann endlich, schöner Jüngling, wirst du kommen ◊ dass meine Nacht sich wunderbar erhellt ◊ als wär die allerstrahlendste der Sonnen ◊ in Königspracht vor meinen Sinn gestellt ◊◊◊ Still lass ich meiner Hoffnung Blumen blühn ◊ will täglich ihrer zarten Schönheit trauen ◊ bis du magst endlich - glaubend kühn ◊ mein Herz- die strahlendste Erfüllung schauen. F.

Genf, 1.3.1982

Der Himmel bebt ...

Du kommst mit Wucht und Kraft herein und füllst einen Raum, der nichts enthielt, als helles Sonnenlicht – und Erwartung auf Enthüllen, auf eine Explosion, auf eine Wiedergeburt.

Jetzt stehst Du im Raum, allein, fern, gross, leuchtend – ich schaue, lausche, ahne, fühle und erzittere.

Was hat Deine Seele so gemartert, mein Geliebter, was hat Dich zur Erde gezogen – vielleicht seit Wochen schon – dass Du, unfähig zu sprechen, mit Dämonen und Göttern kämpfend, durch die Speere Deines eigenen Schlachtfeldes verwundet, diese unsagbaren Leiden durchstehen musstest, die ich aus Deinem Miserere, Credo und Hallelujah ahnend erfühle?

Du hast das Dunkle überwunden. Dem Toben des Schmerzes folgt die Ruhe, die Stille, das Sich-eingebettet-Wissen im Unendlichen.

So darf Dein Geist wieder hoch fliegen, geläutert aus der Finsternis zu den Strahlen der göttlichen Weisheit aufsteigen, alle Traurigkeit und Verzweiflung hinter sich lassen, um sich dem Genius hinzugeben, den er in sich trägt.

Wie lang und mühsam ist der Weg zum Licht, Frédéric, aber – oh wie gross die Belohnung nach jeder neu erklommenen Stufe. Lass uns weiterhin zusammengehen und uns gegenseitig hochziehen. In Liebe. Deine Frédérica

Gossau, 3.3.1982

Was nicht ist will werden ◊ du Bündnis der Verschwiegenheit ◊ in Himmeln und auf Erden ◊ überdauernd die Allewigkeit ◊◊◊ Göttlicher Glanz liegt auf den Zügen ◊ derer, die auch noch in hoher Pein ◊ sich in das Unabänderliche fügen ◊ dann werden sie die Sieger sein ◊◊◊ Wenn Posaunen Seelen aus den Gräbern reissen ◊ die vereinen sich zum lichtgewand'ten Chor ◊ Gewaltige und Dulder, Helden werden sie geheissen ◊ wenn sie zum Thron des Allerhöchsten treten vor ◊◊◊ Lass uns den Gang gemeinsam wagen ◊ es sei, dass wir wie immer Seit' an Seite gehn ◊ und alles Schwere schon gemeinsam tragen ◊ eh uns die linden Lüfte der Erfüllung überwehn. F.

Genf, 3.3.1982

Mein geliebter Frédéric,
in Sanftmut und immerwährender, zärtlicher Freundschaft fühle ich mich Dir verbunden nach unserem Telefongespräch von heute morgen. Du hilfst mir immer wieder Mut zu fassen, wenn mich die Sehnsucht erwürgen will und meine Seele verzweifelt an den Ketten reisst, die sie daran hindern, zu Dir zu eilen. Wie eine Umarmung legte

125

sich Deine Stimme um mich und jetzt ist es mir wieder so leicht ums Herz, weil Deine Gegenwart mich noch ganz erfüllt.

Die Bach'sche Musik wird auch Dich beglücken. Sie läutert den Geist und hebt in hoch ethischer Weise die Gefühle über alles Erdverbundne. Was wäre die Welt ohne die Erhabenheit solcher Schöpfungen?

Alle meine besten Gedanken kommen zu Dir und bleiben in Deiner Nähe stehen. Du sollst ihren Schutz und ihre Hilfe spüren und in Anspruch nehmen in allen schwierigen Momenten Deines Lebens.

Wahrhaftig, Frédéric, die Liebe kann alles. Immer - Deine Carina.

Gossau, 4.3.1982

Im Himmel und auf Erden ◊ bin ich zugleich erwacht ◊ im langgedehnten Werden ◊ und hab ich's recht bedacht ◊◊◊ Steht frei vor meinem Sinn ◊ was ich ohn' alle Sorgen ◊ als Menschenwesen bin ◊ so wie am hellen Morgen ◊◊◊ Schön über'm Horizont ◊ sich makelloser Weis' ◊ die Strahlensonne sonnt ◊ die von sich selber weiss ◊◊◊ Was ihr in ihrem Sein ◊ als Ziel ist eingeschrieben ◊ ein steter Freudenreim ◊ von lichterfülltem Lieben. F.

Gossau, 4.3.1982

Es ist ein langgedehntes Lied ◊ am allerfrühsten Morgen ◊ das meine Seel durchzieht ◊ in liebendem Umsorgen ◊◊◊ Dir gilt sein leiser Sang ◊ sei in ihm aufgehoben ◊ beglückt im Wiegeklang ◊ der sanft zu dir gezogen ◊◊◊ Gesegnet sei im Schlaf ◊ von dem was mir im Wesen ◊ dein Allerinnerstes betraf ◊ allein ihm auserlesen. F.

Genf, 5.3.1982

Mein Frédéric,

Dienstag abend 7.30 Uhr. Abend ... abend. Siehst Du das weite Feld des Himmels? Weich und offen ist mein Herz Dir zugewandt. Vor sieben Tagen noch lag leise Deine Gegenwart in mir, in meinem heissen Körper, der schmerzte, schmerzte und schon wieder zu Dir wollte. Jetzt berge ich mein Gesicht im weissen Trainer, der nach Dir duftet, atme Dich ein, oh ihr Sehnsuchtsträume, wann endlich lässt ihr mich in Ruhe?

Wie überraschend herrlich kam gestern Dein Anruf! Wie lieb sind mir diese Abendstunden zu Hause, bei mildem Licht, im Frieden bei meinen Kindern, mit Klavierspiel, Gesprächen, amüsanten Geschichten aus der Schule, gemeinsamem Problemlösen, wobei ich mich oft köstlich ergötze über das geheime intellektuelle Seilziehen meiner beiden Buben. Im Grunde meines Herzens lebt in diesen Stunden auch der Wunsch, ein zartes unausgesprochenes Hoffen, Du mögest telefonieren, jetzt, etwas später, tief in der Nacht. Nur schon die Gewissheit, dass dies möglich ist, macht mich glücklich. Und gestern warst Du so aufgeräumt, jugendfroh, phantasievoll. Noch höre ich die stürmischen Klänge vom Flügel, une fougue irrésistible qui me charme et me perd. Lange noch danach sass ich sinnend über Deinen letzten Gedichten und es blühten die Blumen, Felder voll roten Mohns. Wie lebendige Gestalten stiegen sie aus den beschriebenen Blättern, in unzähligen Formen, rot, rot, und schauten mich an ....

Herr, gib, dass unsre Liebe heilig sei. Gute Nacht, mein Mund kann nichts mehr sagen. Deine Carina.

Genf, 6.3.1982

Es gibt keine schöneren Momente, mein lieber Frédéric, als mit Dir in der Stille zu verweilen, durch den Äther zu lauschen was Du mir sagst, um Dir dann zu antworten mit Tönen, die aus einem vor Liebe übersprudelnden Herzen klingen. So war letzte Nacht. Ich hörte Dich, fühlte Dich und wir tanzten auf leisen Füsschen von Stern zu Stern ein Ballett, kamen uns nah, entfernten uns wieder, um schlussendlich in der Wärme und Weiche der Umarmung selig auszuharren.

Dein neuestes Gedicht ist wieder so lieb, so fein, perlende Kristalle der Schönheit, die Du in den immer bereiten Kelch meines Seele legst.

Auch die eleganten Figuren sprechen mich direkt an. Sie tragen mich in Deine Welt, in der die Phantasie keine Grenzen kennt.

Danke für all die glücklichen Stunden mit Dir. C.

Gossau, 6.3.1982

Meine Liebe lass ich grüssen ◊ schenk ihr einen Strahlenblick ◊ ihr das Dasein zu versüssen ◊ dass sie leise bebt vor Glück ◊◊◊ Lass sie meine Nähe spüren ◊ meiner Arme sanften Bund ◊ sie ins Paradies zu führen ◊ ist der sehnsuchtsvolle Grund ◊◊◊ Wo auf blumenreichen Auen ◊ sie im Strahlensonnenschein ◊ Lieb und Traulichkeit mag schauen ◊ seliglich bei mir – daheim. F.

Gossau, 7.3.1982

Geliebte Karin,

ich trage Dich in meinem Herzen, wohin immer ich gehe. Und ist mir Musse geschenkt, durch die Freiheit der Natur zu wandern, halte ich Zwiesprache mit Dir, so wie jetzt, wo ich zur Feier des Sonntags am frischen Sonnenmorgen über Wege weiter grüner Felder und durch die Stille luftiger Laubwälder streiche, den Frieden im Gemüt, der mir so oft bedroht wird und den ich immer wieder zu erringen habe. Auch Du bedarfst seiner mehr denn ja in

Deinem vielverlangenden Leben. Ich wünsche ihn Dir aus der Fülle meines Herzens. Die Güte eines liebenden Vaters will ich Dir schenken, den Schutz, den ein ritterlicher Bruder Dir gibt und die unerschütterliche Liebe, deren unsere Seelengemeinschaft bedarf, um fort und fort zu leuchten und Beständigkeit in die Welt zu verstrahlen.

Ich küsse Dir den Sehnsuchtstau von Deinen Augen und wache bei Dir Tag und nächtig, dass Du zu Dir selber zurückkehrst und in stiller Zuversicht zur Freude genesest. Halte Einkehr bei Dir; und in den tiefsten Gründen Deiner Innerlichkeit wirst Du am Ende mich am reinsten finden. Dein Frederic

Gossau, 7.3.1982

Du mein traulicher Gespan ◊ durch die Seele geht mein Sagen ◊ zärtlich will sie dich umfahn ◊ und dir alle Wehmut klagen ◊◊◊ Die sie immerdar erfüllt ◊ weil wir als Getrennte leben ◊ Tag um Wartetag umhüllt ◊ von des Daseins Pflichtgeweben ◊◊◊ Doch was uns die Trauer stillt ◊ ist der tiefempfundne Glaube ◊ dass aus Tränen Freude quillt ◊ die zu unserm Heile tauge ◊◊◊ Durch die Liebe, uns geboren ◊ sind wir doch schon so vereint ◊ unfehlbar zum Paar erkoren ◊ ist sie es, die in uns weint ◊◊◊ Und nach unbeirrtem Streben ◊ ganz dem Hoffnungslicht geweiht ◊ wird uns das Ersehnte geben ◊ in vollkommner Seligkeit. F.

Genf, 10.3.1982

Frédéric,

Ich schicke Dir hier die „Weihnachtskassette" wieder zu. Sie enthält jetzt noch eine Reihe mehr schöner alter und neuer Lieder zu Deinem Geburtstag. Es schwingt in ihnen ein leiser Ton von Wehmut, aber während der ganzen Zeit der Aufnahmen quälte mich ein unsagbares Heimweh nach Dir.

Die Aufnahmen sind weit von Vollkommenheit entfernt, aber ich war mit Leib und Seele dabei und hoffe, dass sie Dir Freude bereiten.

Alles was ich Dir geben kann, geb ich Dir. Meine Musik und meine Lieder, inspiriert von Deinen eigenen, herrlichen Gedichten.

So kommen die Hymnen Deiner Seele als Echo wieder zu Dir zurück, nachdem sie bei mir geklungen und mit süssem Schmerz mein ganzes Wesen zutiefst berührt und geformt haben. Deine Carina.

Genf, 10.3.1982

Mein geliebter Frédéric,

ich stehe noch unter dem Zauber unseres nächtlichen Gesprächs. Wie eine geheimnisvolle Blume, die tags und nächtens in ihrer betörenden Art blüht und duftet, stehst Du vor mir und ich forme mit beiden Händen einen Kelch um sie, zum Schutz, und bitte den Himmel, diese Blume immer so rein, so wunderschön und so einzigartig in ihrem Wesen zu erhalten.

Gleicherweise danke ich dem Himmel für das grosse, unschätzbare Geschenk, das er mir – und der Welt – in Dir verliehen und das ich in meinem Herzen tragen darf, unter Tränen und Schmerzen oft, aber immer in der Gewissheit, dass die Freude siegen wird, weil Du voll Starkmut, Kraft und Zuversicht bist und mich mit einem einzigen Wort zum Leben auferwecken kannst.

Es ist eine göttliche Fügung, dass wir aufeinander warten müssen. Dieses Warten bedeutet Seligkeit und Martyrium, Jubeln und Schluchzen, Himmel und Hölle, alles in einem. Aber am Ende – Du, Du, ohne den es kein Leben gibt und auch keinen Tod. Ohne Dich wäre Sein Nichts, ohne Dich wären Farben trübe, leblose Flecken, Musik stumm, das Sonnenlicht ein schmerzlicher Trug. Aber du BIST, bewegst

Dich, atmest, hast Augen, Hände, eine Stimme, Du bist der Frühlingswind, die Liebe, die Wiese, auf der ich wachsen darf für Dich.

Jetzt breite ich meine Blütenblätter auseinander, eines nach dem andern, zart und fein, und lade Dich ein: komm, Ludwig, komm zu mir, trinke vom Nektar, mach mich Dein, komm, oh komm, wir wollen Geburtstag feiern.

So werden meine innigsten Gefühle und Segenswünsche Dich leise umwehen, auf dass wir beisammen bleiben für die Ewigkeit in stummer, reinster Liebkosung.

Behüt Dich Gott, mein zärtlich geliebter Frédéric, wir gehen zusammen in den Frühling. C.

Gossau, 11.3.1982

Gotteslob

Du meine Sonne, du mein Leben ◊ seit du vor meinen Augen stehst ◊ fühl ich ein einziges Erheben ◊ in welchem deine Strahlenschönheit west ◊◊◊ Nach deiner Höh' geht mein Verlangen ◊ in deine Ferne zieht mein Sinn ◊ dir geb ich Hoffnungen und Bangen ◊ voll Sehnsucht immerwährend hin ◊◊◊ Und liegt in meinem inniglichen Werben ◊ der Unerfülltheit wilde Pein ◊ ein stetes In-der-Gegenwart-Ersterben ◊ so bin ich um so inniger bei dir daheim ◊◊◊ Darf schon im Lichte deine Nähe spüren ◊ des Unermesslichkeit mich warm umgibt ◊ zu dem wird es mich endlich führen ◊ der mich auch unermesslich liebt. F.

Gossau, 12.3.1982

Deiner Stimme süsser Klang ◊ ist mir zutiefst im Herz zu hören ◊ ein wehmutsvoller Liebessang ◊ mich unablässig zu betören ◊◊◊ Und mir auf wunderbare Weise ◊ die Zartheit einer Welt zu zeigen ◊ die ist auf deiner Lebensreise ◊ ganz dir allein zu eigen ◊◊◊ Und die nun mir die Freude bringt ◊ und aller Liebessehnsucht Bangen ◊ Was immerfort in meiner Seele klingt ◊ lässt ewig mich nach dir verlangen. F.

Genf, 13.3.1982

Que décidera le destin? Un pas décisif de ma vie se joue en ce moment – même. Je suis plongé dans d'effroyables tourments et dans de tout aussi effroyables espoirs. Je cherche refuge dans ton âme. Tu es la paix, le silence, la tendre lumière qui illume l'avenir, les horizons lointains, qui rassure le voyageur vacillant que je suis.

Béni soit ton front, merveileux compagnon de tous ces instants ténébreux et lumineux.

(Deutsch: Was wird das Schicksal bringen? Ein entscheidender Schritt in meinem Leben vollzieht sich genau in diesem Moment. Ich bin in schreckliche Qualen hineingeworfen und ebenso in erschreckende Hoffnungen. Ich suche Schutz in Deiner Seele. Du bist der Friede, die Stille, das milde Licht, das die Zukunft erhellt, der ferne Horizont, der dem schwankenden Wanderer, der ich bin, Sicherheit verleiht.

Deine Stirne sei gesegnet, mein wunderbarer Begleiter all dieser finsteren und lichtvollen Momente.

Inmittendurch.
Die Zeit ist angebrochen ◊ Für die wir uns versprochen ◊ Einander nah zu sein ◊◊◊ Kein Schritt gereicht zum Segen ◊ Durch den wir nicht zugegen ◊ An einem Ort der Pein ◊◊◊ Vereint in Seinem Namen ◊ Gehn wir durch Ja und Amen ◊ Das Himmelsbündnis ein.

Wie innig fühl ich mich mit Dir verbunden in Zärtlichkeit und Bewunderung. Keines Gedankens

132

bin ich fähig, in dem nicht auch Du umschlungen bist bis zum seligsten Wahnsinn. C.

Gossau, 14.3.1982

Erkühn dich, deiner kleinen Welt zu fragen ◊ was sie in ihrem Lebenskeim ◊ dort wo du ganz im Innersten daheim ◊ in Fülle mag für Schätze tragen ◊◊◊ Erstrahlende Erkenntnis ◊ will dir Antwort sagen ◊ voll Freud wirst du erschauen dich im Sein ◊ dich fühlen mit dem Herzen Gottes im Verein ◊ in dessen Unermesslich-keiten deine Sinne ragen ◊◊◊ Je mehr sie von dem Sonnenglanze tranken ◊ der sie im Reich der Göttlichkeit durchfliesst ◊ bist du bewegt von inniglichem Danken ◊◊◊ Das dir aus übervollem Herzen schiesst ◊ Eh deine hocherhobnen Hände - sanken ◊ und sich – wie lange wohl - der Himmel dir verschliesst. F.

Genf, 14.3.1982

So weit ist der Abendhimmel, Frédéric, und so freigiebig giesst die Sonne ihre warmen Strahlen und ihr goldenes Licht über die Welt – dies ist die Stunde in der mein Herz am stärksten nach Deinem ruft. Eine milde Traurigkeit liegt über meiner Seele, ich fühle Dich, indem ich Deine zwei herrlichen Gedichte lese, nein trinke wie eine Verdurstende, insbesondere dasjenige von gestern abend, das so genau auch mein Empfinden ausdrückt. Nach dem Telefongespräch fehltest Du mir so stark, dass ich mir dachte: Der Tod könnte zu mir kommen, ich würde ihm vertrauensvoll die Hand geben und mich ihm überlassen, ohne Bedauern, ohne Weh. Was kümmert es mich, wo ich bin, da ich ja doch nicht bei Dir sein kann. Ich sage dies ohne jegliche Bitternis, Frédéric, ich bin bereit, nach dem Wunsche dessen, der uns lenkt, zu leben und diese Liebe zu tragen, schwer, und in Ehrfurcht vor ihrer Grösse und

Bedeutung. Vielleicht wachse ich doch langsam dahin, dass ich mein Schicksal annehmen kann, wie Du, ohne mich dagegen zu sträuben. In der Treue unserer Freundschaft liegt der Kern dieses Wunders.

Oh, welch ein Himmel !! 18.45 Uhr, grün, rosa, violett, orange, gelb, hell und dunkelblau, mit mächtigen Wolkenbergen, dahinter der Jura, scharf gezeichnet, blau-grau, und meine Seele, die sich mit Dir vereint, damit wir zusammen den Tag beschliessen. Ich bin daheim bei Dir, fühle Deine Arme, die sich um mich legen, Deine Lippen, Deine Augen so nah – hier – über meinen – Du – Du – oh, die Welt schwindet ... GELIEBTER ... ich verbrenne. Carina.

Gossau, 14.3.1982

Vernimm du meines Herzens Klagen ◊ das leise sich zu deinem fügt ◊ weil uns des Lebens Lauf betrügt ◊ um Seligkeiten, die wir in uns tragen ◊◊◊ Und die beständig nach dem andern fragen ◊ des Sein allein ihm noch genügt ◊ Wer ist es der uns dafür rügt ◊ dass wir so innig zueinander ragen ◊◊◊ Ihr Füger der Unendlichkeiten ◊ erbarmt euch unsrer Seelenpein ◊ wisst ihr doch Wege zu bereiten ◊◊◊ Im azurblauen Sphärenheim ◊ die endlich alle Sehnsucht leiten ◊ ins selige Beisammensein. F.

Genf, 15.3.1982

Oh Gott, wie schön, wie jung Du bist und wie feurig Dein Blick! Tausende von Leuten schauen Dein Bild an, aber nur wenige sehen Dich. Dieses liebe Gesicht, das für die entsprechenden Umstände aus der Zeitung blickt, das habe ich geküsst, auf dem habe ich Sonne und Regen und Sterne glänzen sehen, das hielt ich zwischen meinen Händen, das durfte ich mit der grössten Zärtlichkeit und Feinheit liebkosen, das ruhte an meinem Herzen, das hat unendlich lieb in mein Gesicht geschaut und mich angelächelt.

Das ist MEIN Frédéric. Ludwig, wie bin ich stolz auf Dich und glücklich mit Dir. Ich bewundere Dich auch; Du hast es gewagt, zu neuen, grossen Aufgaben Ja zu sagen, du scheust Dich nicht vor den Bürden, die sicher manchmal undankbar, ganz im Versteckten, eben nur Bürden sind.

Du bist grossartig, Dir solches im Namen eines Ideals aufzuladen. Vielleicht brauchst Du einmal jemanden, der Dir ganz anonym (aber deshalb nicht weniger begeistert) einen Teil der Last abnimmt. Dann sei meiner Hilfe gewiss, wann immer sie Du benötigst – egal wofür. Deine Karin

Deine zwei neuen Gedichte und Dein Brief klingen in meiner Seele und beglücken mich zutiefst. Es ist mir heute, als würden wir unaufhörlich miteinander reden. Die untergehende Sonne beleuchtet Dein Traumgesicht, das ich mit tausend Küssen bedecke und ich kann nur noch stammeln: Frédéric, wie ist die Welt doch schön mit Dir. Wie reich dürfen wir uns das Leben gestalten, ein Geben und Nehmen, ein unablässiges Austauschen der geheimen Kostbarkeiten, die unseren Seelen im jubelnden Elan fortwährend entspringen.

Ich möchte, Du wärest jetzt bei mir, hier in der Stube. Ich möchte Dich jetzt lieben mit der ganzen Glut meiner Gefühle. Ich möchte Dich glücklich sehen, mit weichen Zügen und geschlossenen Augen, ruhig atmend, gelöst von aller Schwere der Erde, von unsichtbaren Flügeln getragen, schwebend, Du – ich – wir – zur Sonne – weg – weg – zur Ewigkeit – weg – wann? – wo? – wann wieder?

Ludwig, gross ist die Liebe, sie kann Berge versetzen (sagt man) sie kann aber auch, wie jetzt, alleine, stille, für Dich brennen und mein Dasein erhellen – ein Opfer, auf dem Altar der Sehnsucht.

Oh bitte die Götter, dass Erfüllung werde. Hab Dank, Dich so zu lieben. Deine Carina.

Gossau, 16.3.1982

Abends neun, die schweren Glockenschläge ◊ schlagen wie mein Herz die Stunde an ◊ in der ich die es innig lieb gewann ◊ in ihm auf's zärtlichste erwäge ◊◊◊ Wenn sie doch nur an meiner Seite läge ◊ dass wir, ein überglückliches Gespann ◊ in lichtdurchschossnen Paradiesen dann ◊ verweilten, ach, was ich für diese Lust wohl gäbe ◊◊◊ Doch, satt von Einsamkeit wird mir die Zeit zur Qual ◊ die endlos lange Reihe der Sekunden tropft und tropft ◊ und füllt mit Tränenbitterkeit des Herzens Gral ◊◊◊ Wie Fremdlinge sind wir dem langen Leben aufgepfropft ◊ Verirrte, die nur sich zu suchen sinnen im feindsel'gen Tal ◊ bis ihnen unerbittlich ihres Schicksals Abschiedsstunde klopft. F.

Gossau, 16.3.1982

Wenn mir die Sehnsucht übermächtig wird ◊ und mir verdüstern will des Lebens Lichte ◊ ist es, dass meine Seele mir gebiert ◊ den Hoffnungsstrahl der Schönheit im Gedichte ◊◊◊ Ihm darf ich sagen, was mich so bewegt ◊ darf all die Pein in Purpurworte kleiden ◊ und sind sie einmal in die Welt gelegt ◊ muss ich schon nicht mehr soviel leiden ◊◊◊ Es strömt Versöhnung meinem Herzen ein ◊ die prägt auf meine Stirn der Freude Zeichen ◊ mit der Gewissheit, dass du insgeheim ◊ nie nimmermehr von mir wirst weichen.

Genf, 22.3.1982

Wenn meine Gedanken die Kraft besitzen, bis zu Dir zu dringen, dann hattest Du heute keine ruhige Minute, Frédéric. Ich lebe bei Dir, mit Dir, Du bist mir gegenwärtig seit dem Verblassen der Sterne frühmorgens, dem Aufgang der Sonne bis jetzt, da die Welt aus der Dämmerung ins Dunkel glitt.

Ein schöner Traum, von Sehnsucht durchtränkt, von einem – ach so unbändigen – Verlangen nach Dir erfüllt. Ich schliesse die Augen und fühle Deine Nähe, Deine Hände überfahren mich seidenweich, unsere Lippen liegen feucht und voller Seligkeit ineinander. Es gibt kein Morgen, es gibt keine Zeit, es gibt nur ein unablässiges Hindrängen unserer Bestimmung entgegen.

Zum wievielten Male lese ich Dein wundervolles Sonett? und bin – wie Du – bewegt vor Schmerz und Freude. Deine Dichtung wächst und wächst an Tiefe und zarter, schönster Innerlichkeit. Du begnadeter, geliebter Freund, Du trägst mich von einem Fest zum andern.

Ich berge mein Gesicht an Deinem Hals und bin still glücklich. Deine Carina.

Genf, 23.3.1982

Voll Sanftmut schwingen rein die Töne meiner Seele hin zu Dir, die Welt in der Du stehst und wirkst mit Liebesliedern zu erfüllen.

Sei eingetaucht in mein freudig hingegebnes Innerstes und fühle wie mein warmes Leben, mein Herzschlag und mein stilles Sehnen Dir, nur Dir allein, gehören. Frédérica.

Gossau, 28.3.1982

Was Herrliches steht uns bevor ◊ in unserm vieler-probten Lieben ◊ sind wir doch immer noch als Bittende geblieben ◊ vor lang verschloss'nem Tor ◊ Von innen tönt des Bienensummens Chor ◊ die Emsigen, die in die Nektarkelche stiegen ◊ sind auf der Flucht in reizendem Zerstieben ◊ und kehren bald zur Köstlichkeit, die ihnen nie vergor ◊◊◊ So wird auch uns ein Sommer blühn ◊ von Freudentagen, die

uns strahlend winken ◊ und bunten Kelchen über
sattem Grün ◊◊◊ die wir in sel'gem Taumel trinken ◊
ein märchenhaftes Fest, in das wir ungestüm ◊ in
holder Unzertrennlichkeit versinken. F.

Gossau, 30.3.1982

Wie du mir fehlst auf Schritt und Tritt ◊ wohin soll ich
mich wenden ◊ nehm ich doch nur nach allen Enden
◊ zutiefst im Herzen jene Sehnsucht mit ◊◊◊ Die es,
seit es dich so erkannte, litt ◊ Wer, ausser dir, kann
ihm mit vollen Händen ◊ Wohlgeborgenheit und
Tröstung spenden ◊ wenn du dich nahst, Geliebter,
mit gemessnem Schritt ◊◊◊ Dass ich, hineilend, auf
dem l.iebesmeer ◊ mit wilden Wogen kämpfend,
winke ◊ bis du vor mir stehst hoch und hehr ◊ dass
ich das Strahlen deiner Augen trinke ◊ eh ich in
übersel'ger Wiederkehr ◊ voll Glück an deine
vielgeliebte Seite sinke. F.

Gossau, 3.4.1982

Derweil die Stunden leis verfliessen ◊ bin ich dir
unaufhörlich nah ◊ was mir im Allerinnersten
geschah ◊ ist reiner Liebe frühlingszartes Spriessen
◊◊◊ Wann endlich darf ich es mit dir geniessen ◊ die
ich nur allzuselten sah ◊ wann ist die übermächt'ge
Stunde da ◊ wo uns die Freudentränen in die Augen
schiessen ◊◊◊ Wir müssen uns wohl so gedulden ◊
bei stiller Hoffnungsflamme Blüten ◊ weil wir dem
Allerhöchsten Demut schulden ◊◊◊ Uns schmiegend
ganz in Sein Behüten ◊ füllt Er mit Weisheit unsr es
Lebens Mulden ◊ und wird uns unser Treusein
überreich vergüten. F.

Gossau, 4.4.1982

In diesem rnorgenlichen Weilen ◊ darf ich, als wär
sie wirklich da ◊ die ich mit Freudenlicht versah ◊ von
ihrer Wehmut innig heilen ◊◊◊ Den Liebeszauber mit

ihr teilen ◊ dem wir mit süssem Oh und Ah ◊ und
vielerlei Allotria ◊ in feingespannte Netze eilen ◊◊◊
Oh goldner Fäden reich Gespinn ◊ mit welchem
Glanz umhüllst du unser Leben ◊ dir gibt sich vieler
Herzen Hoffnung hin ◊◊◊ Und in dem millionen-
fachen Streben ◊ findet manches wunder-baren Sinn
◊ im neuerblühten Menschenleben. F.

Genf, 4.4.1982
Oh, jetzt so in diesen Abend hineinsterben dürfen.
Faszinierendste aller Reisen, da sie zu Dir, zu Dir
mich führt. Loslösen vom Erdboden, Flug zu den
roten Wolken, dahinter Blumen, Blumen, Wiesen,
rosablühende Pfirsichbäume, sanftes Hindurch-
streichen durch sattgrüne Gräser, weiss das
Gewand und weit – in ihm nichts als Seele, ein Dich-
Fühlen mit hingeneigtem Haupt, ein Aus-Sich-selbst-
Heraussteigen, ein Traum des Zusammen-Hin-
sinkens in den alles umfassenden Äther, den Schein
der Abendröte von Deinen weichen Wangen küssen
und vergessen, was die Welt war. Den Körper
ablegen und dann wirklich zu leben beginnen mit Dir.
Nur Seele, lustwandeln in den paradiesischen
Gärten des Ewigen, nie mehr getrennt sein,
bewegungslos schwebend in still-liebender Umarmung, im Unendlichen endlich nur noch eins. C.

Gossau, 6.4.1982
Wenn uns das Harren lang erscheint ◊ und
kummervoll in diesem Tale ◊ bedenk, dass jedes
Liebeszoll bezahle ◊ Dem der es gut mit uns gemeint
◊◊◊ Sind alle Tränen weggeweint ◊ und voll die
dargereichte Schale ◊ lädt uns der Meister dann zum
Mahle ◊ das uns auf's innigste vereint ◊◊◊ Oh glaub
mir sehnsuchtsvolle Seele ◊ schon dämmert tief-
verhüllt und zag ◊ erfüllend was uns unaufhörlich
fehle ◊◊◊ Der lichtdurchtränkte Sonnentag ◊ der uns

zum Jubeln weckt die Kehle ◊ eh jedes satt am vielgeliebten Herzen lag. F.

Genf, 6.4.1982

Dienstag morgen, gleich nach dem Telefon.
Geliebter,
eben schwebte noch Deine Stimme durch den Raum. Und jetzt? Sag, wo bist Du? Grausames, immer wiederkehrendes Abschiednehmen.

Wie dir sagen, was mein Herz jetzt tut? Es singt, es weint, es will zu Dir. Mit heruntergebundenen Flügeln schaudert und zittert es und möchte weg, MUSS weg, und kommt nicht vom Fleck.

Jetzt ist es genug - - - !! Schweig endlich, du dummes Ding und füge dich ins Unabänderliche. (Aber die Risse und Narben, die das hinterlässt.)

Ach, jeder Mensch hat seinen Dornweg. Doch – da – auf meinem Weg leuchtet plötzlich ein Bild, ein geliebtes Bild, ein VIELGELIEBTES Bild – Du, immer Du.
Halte mich !!!!! Deine Karin.

Gossau, 6.4.1982

Welch Wunder gross ◊ entsprang zur Helle ◊ der Menschenquelle ◊ dunklem Schoss ◊◊◊ So rührend bloss ◊ dass in der Herzenszelle ◊ auf der Stelle ◊ Muttersinn´s liebkos ◊◊◊ Die Schöpfung singt ◊ wenn in den Frühling ◊ neues Leben springt ◊◊◊ Oh dass ihr Streben ◊ ihr auf's trefflichste gelingt ◊ mög uns der Himmel geben. F.

Genf, 11.4.1982

Erwachen an Ostern   von EKW
Als dich aus lichten Traumesübergängen ◊ Der Tote in den Kreuzesschatten rief ◊ Sahst ein Gewitter du den Mond bedrängen ◊ Und die in Furcht versetzte Herde lief ◊ Hin zu dem Stein, der ihr den Hirten

deckte ◊ Doch eine Stimme, die dich süss erschreckte ◊ - O selig jeder, den sie mit erweckte! – ◊ Sprach deutlich in dem österlichen Dämmer ◊ Aus ihrer Mitte: „Weide meine Lämmer." ◊ Drauf schien dein Dasein sanft sie anzulocken, ◊ Weisswogen, drängten sie heran zu Hauf . . . ◊ Du hörtest noch vieltausendfache Glocken - - - ◊ Darüber ging die Ostersonne auf . . .

Ein Schauern überkommt dich, ob der Grösse dieser Bilder. Nun wollen wir uns still die Hände geben . . .In Liebe Deine Carin.

Genf, 11.4.1982

Ostersonntag

Dich hören, fühlen, Dich erfassen, durch Dein Auge – das Auge des Künstlers – mitsehen, mitentdecken. Traum ohne Trost über der harten Erde, in welcher Höhlen wie zahnlose Münder gähnen, wo tausendjähriges, altes Leben versteinert sich durch die Wüste weiterschleppt.

Ergriffen von der Weite des Himmels, in Gold und Blut getaucht, über dem Käferchen, das sich ahnungslos in sanften Gräsern wiegt. Oh Zauber dieser Spätabend-Stimmung. Bewundernd stehenbleiben vor der Vollkommenheit einer verschwenderischen Pflanzenwelt, die in ihrer vollendeten Schönheit und mit dem betörenden Duft ihrer keuschen Blüten-kelche immer wiederkehrt. Kein Wesen kommt zu kurz.

Hund und Katze, anmutige, spielerische Jugend und weises, besonnenes Alter, mit prophetischem Blick und Fluidum, dem Alten Testament entnommen.

Dann – aus dem Stein heraussteigendes Leben. Bewegung (hat das Kleid in seinen verborgenen Falten geknistert?), Atmen, Lächeln (ich finde Dich).

Anbetend verstummen in der Kühle der Kathedrale, durchdrungen von den letzten Wellen eines mächtigen Orgelrauschens, die an den himmelstrebenden Säulen emporwogen.

Gigantische Technik, vom menschlichen Gehirn geschaffen, dessen unfehlbare Berechnungen die schwindelndsten Höhen erreichen können, bis zu jenem Punkt, wo ein Gleichgewicht nicht mehr möglich ist.

Und da – zwischen Himmel und Erde, überwältigt, gefangen in DEINEN geheimnisvollen Fäden, ohne die geringste Hoffnung, aus DIESEM Netz zu entkommen, ein staunendes Wesen, versunken in der Vielfalt Deines Genies - - -Deine Carina.

6

Wie auf glühenden Kohlen

Gossau, 10.4.1982

Hör und erhöre!

Geliebte Frederica,

es hat sich im Raum unseres Schicksals etwas Grundlegendes ereignet, etwas Zeichenhaftes, das von uns, wenn wir je gross waren, Grösseres verlangt, das unsere Liebe auf die Probe stellt, wie auf glühende Kohlen, in eiskaltes Nass, über schwindelnden Abgrund und in gähnendes Grab. Hör zu, was sich begab:

Ausgerechnet am 4. April, dem zehnten Jahrestag meiner Vermählung mit Madeleine, nachdem wir in gutem Einvernehmen einen harmonischen Tag verbracht hatten, geschah es, dass ich für eine halbe Stunde ins Kinderheim gehen musste, um etwas Dringendes zu besprechen. Wie ich zurückkam, hielt mir Madeleine Dein Rudolf Steiner Buch von der Verbindung zwischen Lebenden und Toten entgegen, schlug den Einbanddeckel auf und fragte mich, wem wohl dieses Buch mit der Datierung "Dornach 5.1.82 gehöre.

Ich war konsterniert, vor allem darüber, dass Madeleine, die sonst nie Interesse an Steiner-büchern gezeigt hatte, nun plötzlich diesen Vorträgen, die ich in der Eile auf dem Tisch hatte liegen lassen, ihre Beachtung schenkte. Ich erwiderte, es gehöre einem Bekannten, den sie nicht kenne, sie werde wohl nichts daran finden, dass ich mit diesem Steinerbücher austausche. Darauf meinte sie:"Das gerade nicht", aber es würde sie nur interessieren – und dabei schlug sie eine Seite im hinteren Drittel des Buches auf – wesehalb denn dieser Bekannte an meinem Geburtstag mit entsprechendem Datum den Vermerk in das Buch hineinschreibe: Was tust du wohl jetzt, meine Seele strömt zu Dir. Ich liebe Dich.

145

Damit war ich, waren wir geliefert. Ich schwieg für lange Zeit, dann fragte ich, ob sie zufrieden sei, wenn ich ihr den Namen der Schreiberin nenne. Und, nachdem sie dies bejaht hatte, nannte ich Deinen Namen, worauf sie sofort kombinierte, dann müsse sie annehmen, ich sei mit Dir in Dornach gewesen. Dazu gab ich ihr aber keine Bestätigung. Damit war das Gespräch beendet – und die Stimmung auf den Nullpunkt gesunken.

Ich litt Höllenqualen, weil ich fühlte, dass die Sache nun einer brutalen Entscheidung zutrieb. Ich wusste nur eines: die Tatsache, dass Madeleine Deine Notiz entdeckt hatte, war nicht zu bedauern, sondern als ein Fingerzeig des Schicksals zu werten, ein Ansporn zu Entscheidung nach zehn Ehejahren – und das Signal zu tiefem, seelischen Leiden, in der Leidenswoche unseres Herrn und in inniger Verbundenheit mit Ihm.

Ich betete inständig zum Himmel, in Worten wie: "Vater, in Deine Hände empfehle ich meinen Geist"; ich gab meine völlige Ratlosigkeit zu – und begann allmählich mit noch nie erlebter Klarheit einzusehen, wie wir von der geistigen Welt über uns in unserem Denken und Handeln beobachte, begleitet und behütet werden.

Während mich mein Verstand noch quälte mit dem harten Satz: "Nun musst du dich für Karin oder Madeleine entscheiden, der Bruch deiner Ehe steht auf dem Spiel", wimmerte meine Seele um Erbarmen und darum, dass ihr die höhere, gute Welt im richtigen Moment das Richtige zu entscheiden eigeben möge.

Am Karfreitagmorgen kam die gefürchtete, lange, aber auch klärende Unterredung. Madeleine wies im besonderen darauf hin, ich hätte ihr schon vor zwei Jahren versprochen, diese Verbindung nicht mehr weiter zu pflegen und es sei zum grossen Teil auch meine Schuld, wenn ich durch mein Verhalten und meine schriftlichen Äusserungen (wie sie annehmen müsse) eine seelische Verbindung ausbaue und festige in einer Weise, die sie nicht mehr akzeptieren könne. – Da musste ich ihr recht geben - und war doch darauf und daran hinauszuschreien: "Was weisst du denn von den Gründen des Herzens, von tiefer Vergangenheit und strahlender Zukunft in früheren und kommenden Leben; was ist dir von schicksalhafter Verflechtung bekannt, in deren Geheimnis wir leben. Hast du je Göttliches in unserem Menschsein verspürt und Erhabenheit; je den tragischen Hauch des Heldenhaften in geschichtlicher Grösse.?"

Doch ungerecht will ich nicht sein und in Anklagen verfallen. Madeleine liebt mich geradeheraus, in achtunggebietendem Gleichmass. In ihrer Welt-anschauung haben "Seitensprünge" keinen Platz und sie möchte in dieser Beziehung in Sicherheit leben.

Und hier das Resultat der Unterredung: Wir haben uns ausgesöhnt, die Ehe ist nicht zerbrochen, aber – um den Preis des Versprechens, dass ich nun endgültig die Verbindung mit Dir nicht mehr weiterführe.

Das ist der Abschied, den Du auf Deiner Karte vorausgeahnt hast, das ist die Stunde der Wahrheit, die ich so benenne: Aufgabe, Hingabe eines grossen Wertes, um einen noch höheren zu erringen; Aufgabe, Hingabe unserer Korrespondenz und unserer Telefongespräche, (bis auf weiteres), um ein Versprechen einzuhalten, um unsere beiden Ehen zu retten, deren hohen Sinn wir einsehen – derweil unsere Liebe in der Sonne der Sehnsucht reift – und siehe, oh siehe, aus der Asche des Abschieds wird,

zur gegebenen Zeit, der Phönix unseres Liebes-
bundes vor aller Augen zum Lichttag entsteigen.

Karin, ich liebe Dich inniger denn je zuvor, so wie
Du mich gern hast; und ich bin davon überzeugt,
dass wir in dieser Liebe die Kraft finden, dieses
Schwere über eine unbestimmte Zeit hinweg zu
tragen, so wies das Schicksal von uns will.

Wenn sich meine Seele wieder äussern kann, will
ich Dir weiter Gedichte schreiben, wohl solche von
tieferer Trauer und innigerer Sehnsucht als je zuvor;
und ich werde sie aufbewahren für den Tag, der
kommen wird, sie Dir zu zeigen, und der auch die
Fülle Deiner wartenden Briefe mir offenbart.

Ade denn, in diesem Sinn, Frederica, hilf mir, nicht
zu weinen. Ade, es ist dem herzen tiefes, tiefes Weh;
doch in der Ferne seh ich Blauen, die Seelenaugen
dürfen Himmel schauen . Ade, verlassen sind wir,
ganz allein, ade, die reinste Sonnenliebe führt uns –
heim. Dein Frederic.

Gossau, 11.4.1982

Meine Seele ist ein einz'ger Schrei ◊ das Warum will
ich nicht sagen ◊ s'ist von abgrundstiefen Plagen ◊
ein bedrängend Vielerlei ◊◊◊ Doch du frägst mich
was es sei ◊ Liebesqualen muss ich tragen ◊ die mir
an der Seele nagen ◊ dumpfe Trauermelodei ◊◊◊ In
der nachtverhüllten Ferne ◊ seh ich winz'ge Lichtlein
blinken ◊ oh ihr wundersamen Sterne ◊◊◊ Wollt vom
Himmel freundlich winken ◊ was mein Herzblut von
euch lerne ◊ rettet mich vor dem Versinken. F.

Gossau, 12.4.1982

Ihr holden Sterne ◊ Glanz der Nacht ◊ in goldner
Pracht ◊ euch schau ich gerne ◊◊◊ Von Himmels
Ferne ◊ habt ihr wohlbedacht ◊ mir Trost gebracht ◊
in Herzens Kerne ◊◊◊ Gottes Segen ◊ strömt uns zu

◊ von ihrem Schweben ◊◊◊ Spür auch du ◊ in deinem Leben ◊ se1'ge Ruh. F.

Gossau, 12.4.1982

Sieh Jesu dort am Kreuze hangen ◊ hat Er doch keine Missetat vollbracht ◊ als dass Er einer Menschheit wohlbedacht ◊ in Lebensnöten nachgegangen ◊◊◊ Doch Höllenbrut hat ihn gefangen ◊ gequält, getötet und bewacht ◊ in einer finstern Erdennacht ◊ bis dann die Bande plötzlich sprangen ◊◊◊ Man hörte Engelscharen singen ◊ als Er siegreich vom Grab erstand ◊ den Menschen Liebe, darzubringen ◊◊◊ die Er den Himmelshöhn entwand ◊ sodass Sein heldenhaftes Ringen ◊ voll Glorie Erfüllung fand.

Genf, 13.4.1982

Blätter der Einsamkeit.
Wohin treibt ihr mich, Winde, orkanische, alles versengende Stürme des Schicksals, die das Gehirn verbrennen, das Herz zerfetzen, die Seele wie einen zügellosen Papierdrachen in die Luft und dann zu Boden schleudern, wo sie zerschmettert liegenbleibt. Meiner Brust entspringt ein Todesschrei, Hohngelächter, spöttisches Lästern. Wer bist du denn, Gott, wenn du überhaupt bist, an den ich doch eben erst wieder zu glauben begann, dessen Stimme ich zu hören vermeinte, dem ich zaghaft und schüchtern, aber voll Hoffnung, wieder die Hand gab, was tust du?, soll das dein Plan sein?, nach welchen Massen wägst du ab, nach welchen Gesetzen verurteilst du? was haben wir getan? Schwer soll die Verantwortung auf euch, ihr sogenannt unfehlbaren Göttern, lasten. Und plötzlich überkommen mich die Tränen der Reue; ich winde mich in Asche, verzeiht mir meine Sprache, verzeiht

149

mir meine Auflehnung, diese heftigen, teuflischen Gefühle, verzeiht, Verzeihung - - - .

Todkrank liege ich auf der Erde, ein Bündel Nichts, ein bewegungsloses, zu Tode getroffenes Häuflein Fleisch, kaum Mensch zu nennen.

Oh Gott, man hat mir mein Ein und Alles genommen. Man hat meinen Geliebten verwundet, sein Herz blutet, und ich werde rasend vor Weh und Leid um ihn, denn machtlos stehe ich da – ihr Götter, was nun? Hilfe . . .

Genf, 14.4.1982

Nur Tränen kenne ich und einen unsagbaren Schmerz, der in meiner Seele tobt und mich zerfrisst. Ungläubig schaue ich ins Weite, erstaunt über soviel brüske Brutalität. Ich kann es nicht fassen; mein Liebster, an dem ich so gehangen, soll nun ins Tal des Schweigens versinken. Was wird aus unseren Leben nun werden? Oh wie ich mir den Tod herbeisehne!

Genf, 16.4.1982

Darf man einen Menschen in den Tod schicken, wenn man ihn doch mit nur einem einzigen Wort leben lassen könnte? C.

Gossau, 17.4.1982

Nun senkt sich eine bange Nacht hernieder ◊ auf unsrer Liebe blütenzarten Bund ◊ kein Sternenlicht im weiten Rund ◊ strahlt uns den Schimmer einer Hoffnung wieder ◊◊◊ Verstummt sind alle Herzens-lieder ◊ die leise sang in übersel'ger Stund ◊ am hellen Tage oder nächtens ein verliebter Mund ◊ fahl ist und totenblass der Welt Gefieder ◊◊◊ Wann wird uns eine Freudenknospe keimen ◊ aus allertiefst gestecktem Gram ◊ verklärt ein warmer Sonnen-strahl das Weinen ◊◊◊ Der aus durch-brochnem

150

Wolkenhimmel kam ◊ noch sind vom schwer belastenden Verneinen ◊ die kraftgebornen Schwingen meiner Seele lahm.

Genf, 17.4.1982

Ich finde den Schlaf nicht mehr, die ganzen langen Nächte liege ich wach und weine um Dich. Aber auch bittere Gedanken suchen mich heim. Du, Freude und Freund meines Herzens, bei Dir fand ich all mein Glück, Dir hab ich mich verschenkt mit allem was ich bin, mein Leben lag Dir zu Füssen und jetzt komme ich mir verraten vor, verneint, preisgegeben, weggeworfen. Ich bin zerbrochen – ich hatte so unendlich an Dich – an uns, geglaubt. Wie soll ich weiterleben? C.

Genf, 17.4.1982

Wil ist nach Basel zurückgefahren. Wir haben diesen Samstag und Sonntag stundenlange Spaziergänge gemacht. Die wilden Kirschen blühen, die Natur durftet nach Leben, nach Auferstehung, unsere Sinne tauchen in die zartesten Farben, die der Frühling mit Zauberhänden auf seiner Palette mischt. Im Stall hat's ein gutes Dutzend winziger, weisser Schäfchen gegeben. Auf ganz krummen Beinchen stehen sie und schauen uns verwundert mit neugierigen Augen an. „Weide meine Lämmer." Diese Sonntagsstille auf dem Lande! Und im Herzen der Tod. Das Liebste, das ich habe, wendet sich von mir. Wil spürt meine Traurigkeit, frägt ein – zweimal, und da kein Wort über meine Lippen kommt, nimmt er mich stumm in die Arme. Wie ist mir doch weh zumute, wie bin ich von Zweifeln zernagt. Mein Gott, was habe ich getan, womit diese Strafe verdient? Ich muss die Demut lernen. Frédéric, sag, wie verzichtet man auf etwas?

Gossau, 17.4.1982

Liebe Frederica,
wie wahr ist das Wort, dass wirkliche Ehen im Himmel geschlossen werden – und was vermag schon die Erde gegenüber dem Himmel auzurichten?

Sei guten Mutes, bei allem Schmerz des Getrenntseins spüren wir umso inniger die Gegenwart unserer liebenden Gedanken.

In ihrem unvergleichlichen Arom gedeiht die Zuversicht, dass sich die Wünsche unserer Herzen in strahlender Freude erfüllen – am Ende unseres Kreuzweges und in der Glorie der Auferstehung zur Klarheit unendlichen Liebeslichtes. Dein Frederic.

Gossau, 19.4.1982

Sieh die Beiden ◊ die sich lieben ◊ sind geblieben ◊ tief in Leiden ◊◊◊ Hirt der Heiden ◊ willst hienieden ◊ im Befrieden ◊ Lämmer weiden ◊◊◊ Ihrem Flehen ◊ neige Du ◊ voll Verstehen ◊◊◊ Gnade zu ◊ dass sie sehen ◊ Glück und Ruh. F.

Gossau, 19.4.1982

Deinem leiden- ◊ vollen Langen ◊ überhangen ◊ Trauerweiden ◊◊◊ Allem Meiden ◊ Herzensbangen ◊ tief gegangen ◊ folgt das Scheiden ◊◊◊ Jeder Not ◊ im Weltgeschehn ◊ und jedem Tod ◊◊◊ du wirst es sehn ◊ im Morgenrot ◊ folgt Auferstehn. F.

Genf, 19.4.1982

Das Leben hatte mir immer alles gegeben was ich mir gewünscht. Bis zu dem Tage . . . oh Gott . . . ich falle – falle. C.

Genf, 20.3.1982

Wo stehe ich? Was ist oben, was unten? Dreht sich die Erde, oder dreht sich nur mein Kopf? Ich habe das Mass aller Dinge verloren.

152

Jetzt werde ich dann aus diesem bösen Traum aufwachen und – Du – wirst – da – sein - - - Nein, Du wirst nicht da sein, Du wirst nie mehr da sein.

Verliere ich den Verstand? C.

Genf, 20.4.1982

Du, mein wundervoller Geliebter

ruhig will ich neben Dir, auf dem Alter der Liebe, brennen, die Flammen um mich schlagen lassen und so mit Dir – zwei Menschenkerzen (Frédéric, nur Du konntest ein so schönes Bild entstehen lassen) alle Leiden ertragen, bis es den Göttern gefällt, uns zu erlösen.

Ich darf in Deinem geistlichen Tagebuch mit Ehrfurcht Deine Seele erleben. Hab innigen, innigen Dank für das Vertrauen, das Du in mich legst. Über der grössten Trauer schwebt bei Dir immer die Taube des Friedens. Das macht Dich so hell und gross.

Oh wie tief Deine Gedichte mir gehen. Noch habe ich erst einige davon getrunken. Sie sind mir Wegzehrung auf einer vielleicht langen, öden Strasse, die vor uns liegt. Und was würde aus meiner Seele, ohne diese Nahrung, die ihr unentbehrlich geworden ist.

Ich küsse Dich, ich segne Dich. Tu mir dasselbe.
Ewig Karin

Genf, 22.4.1982

Wie konntest du das zulassen, mein Gott, dass ich dem Liebsten, das ich auf Erden hab, solche Wunden schlage? In welchen Abgrund hast du mich fallen lassen, dass so verbitterte Schreie, aus solchen Tiefen zu ihm dringen mussten! In grösster Zerknirschung bitte ich dich und ihn um Verzeihung. Seine feine Seele blutet und dies meinetwegen. Herr, gib mir alle Leiden, alle Schmerzen der Welt, um zu büssen, für meine unbeherrschten, leiden-

schaftlichen Ausbrüche, um seiner und deiner Liebe
wieder würdig zu sein. Ich soll „glauben lernen" sagst
Du. Aber wie?

Gossau, 22.4.1082

Es ist nicht einfach einem Gott zu gleichen ◊ im
Anblick tränenbittrer Not ◊ wenn tiefer Seelen-
wunden Rot ◊ will mein empfindsam Herz erweichen
◊◊◊ Oh Vater bitte send ein Zeichen ◊ dass ich mit
Steinen nicht statt Brot ◊ sie stosse in den
abgrundstiefen Tod ◊ lass mich den weisen Rat
erreichen ◊◊◊ Der fest in Deinem Willen steht ◊ am
Ende sei es Dein Befehlen ◊ das mild von meinem
Mund ergeht ◊◊◊ Es wird der feurigsten der Seelen
◊ die lechzend um Erbarmen fleht ◊ tiefinnige
Erlösung nicht verhehlen. F.

Genf. 23.4.1982

Zwei Menschenherzen! Du und ich. Wir brennen und
verbrennen füreinander. Nie hatte ich geliebt, bevor
du in mein Leben tratst. Nie. Und jetzt soll ich
verzichten – es war zu kurz – was wohl im Jenseits
auf mich wartet? Im nächsten Leben. Du? C.

Gossau, 24.4.1982
Ich war froh, nun trifft mich Traurigkeit ◊ dem Lächeln
droht Ersterben ◊ heillose Wehmut muss ich erben ◊
nach einer hellen Seligkeit ◊◊◊ Und du vergehst im
Herzeleid ◊ was nützte all dein Werben ◊ wenn ich
dich nicht darf bergen ◊ du vielgeliebte Adelheid ◊◊◊
Des Schicksals schwere Hand ◊ hat sich auf uns
gelegt ◊ es ist der Liebe Pfand ◊◊◊ Das uns zutiefst
bewegt ◊ oh, gibt es denn kein Land ◊ das uns vom
Kummer hebt. F.

Genf, 24.4.1982

C-Dur-Konzert Nr.21, Mozart, Andante. Jeder
Geigenstrich ist ein Schnitt in die Seele. Ich öffne sie

dieser qualvollen Schönheit. Oh tiefes, abgründiges Leid. Vater, gib, dass Frédéric nicht auch noch torturiert ist, er, der selbst unter den bittersten Tränen noch ein Lächeln der Hoffnung verschenkt. Gib ihm deinen Frieden. Ich bitte dich darum. Tu' mit mir was du willst, aber verschone ihn vor solchen Qualen. C.

Gossau, 25.4.1982

Schweigen, schweigen, ständig schweigen ◊ muss der vielgespräch'ge Mund ◊ und das Herze ist so wund ◊ kann den Kummer niemand zeigen ◊◊◊ Meines Lebens Zauberreigen ◊ einst so hundertfarbig bunt ◊ ist in dieser Trauerstund ◊ nur ein fahl geword'nes Neigen ◊◊◊ Oh wie sehn ich mich nach Frieden ◊ in des Herzens glüh'ndem Kern ◊ ist kein Platz für mich hienieden ◊◊◊ wär ich doch und wär so gern ◊ dort hinauf zu dir gestiegen ◊ mein geliebter Abendstern.

Genf, 25.4.1982

Ich wachse täglich an Dir, hin zu Gott.
Ihr goldenen Flügel!
Nach dem Tode werden sich unsere Seelen sofort wiederfinden und erkennen: Jede trägt ja der anderen Siegel. C.

Genf, 25.4.1982

Jede Stunde, die geschlagen hat, ist weniger zu leben. Ich möchte mit Gewalt die Zeiger drehen.

  Im Namen des Vaters und des Sohnes und des Heiligen Geistes. Ainsi soit-il - - - Christus, nimm du mich jetzt bei der Hand. C.

Genf, 28.4.1982

Je contemple longuement le talisman. L qui tient C tendrement embrassé. L'éclat des premiers temps a disparu; tu vois, je le porte jour et nuit – ainsi il a terni sur mon coeur. Autrrefois il étincelait sous sa cape d'or.

155

Il faut entretenir les vieilles demeures si l'on ne veut
pas les voir tomber en ruines.

J'entends le premier appel du coucou. Sommes
nous au printemps?

Deutsch.
Ich stelle lange Betrachtungen über Deinen Talisman an. Das L umfängt zärtlich das C. Der Aufruhr
der ersten Zeit ist verschwunden. Du siehst, ich trage
das Symbol Tag und Nacht – dadurch ist es matt
geworden auf meinem Herzen. Früher funkelte es
mit seinem Goldbezug.

Man muss die alten Wohnstätten unterhalten,
wenn man sie nicht zu Ruinen verkommen sehen
will.

Ich höre den ersten Kuckucksruf. Ist das der
Frühling?

Genf, 29.4.1982
Nach Dir gibt es nichts mehr. Darum bitte, bleibe
noch ein bisschen bei mir, bitte.
Ich kann den Anblick der Sterne nicht ertragen.
Es ist so finstre Nacht in mir. C.

Genf, 30.4.1982
Jedesmal, wenn das Telefon läutet, erstarre ich und
mein Herz zieht sich zusammen und beginnt wie wild
zu schlagen. Wenn Du's wärest! Ach, wenn Du's
doch einmal wärest! Aber nein – nein – Du warst es
ja nicht und ich breche, wenn das Gespräch beendigt
ist, in Schluchzen und Weinkrämpfe aus.

Wozu leben?
O, ja, ich begreife, verstehe alles. Aber noch liegt so
viel Trauer in diesem Verstehen. Noch kann ich mich
nicht über das Erdgebundne hinausheben. Noch
kann ich nicht freudig verzichten. Ein wildes Meer ist

mein Inneres und ein schneidender Schmerz lässt mich ohnmächtig verstummen.

Herr, mein Gott, du hast diesen Kelch nicht an uns vorübergehen lassen. Wir nehmen ihn an, wir tragen zusammen dein schweres Kreuz, auf demselben Pfad.

Und dies ist, was mir in der schlaflosen Nacht vom 14./15.April klar vor die Augen trat, was ich dann niederschrieb und Dir, Ludwig, am andern Tag vorschlug: „Jetzt höre, Frédéric, wir müssen unserem Verzicht und unserem Leiden einen höheren Sinn geben, sonst erscheint mir das grosse Opfer nutzlos. Es ist das Buch über die Verbindung zwischen Lebenden und Toten, das uns dahin gebracht hat. Jetzt wollen wir unsere Schmerzen und unsere Tränen aufopfern für diese Seelen, die im Jenseits leiden und abverdienen müssen und denen auf der Erde niemand hilft. Wir senden ihnen allumfassende, geisteswissenschaftliche Gedanken der Liebe, der Christusliebe, und dann ist es, so sagt Rudolf Steiner, als würden wir diesen Seelen vorlesen und Trost spenden. Wenn wir am Verzweifeln sind, dann denken wir an sie.
So leiden wir nicht einfach einen dumpfen Schmerz, sondern unsere Prüfung wird zu einem Akt der Liebe, der andern Seelen und unseren eigenen zu Hilfe kommt. Bist auch Du damit einverstanden?" Ja, Du bist einverstanden und schon stehe – ich wenigstens – mitten im Opfer. Aber die Seele weint.
C.

Genf, 30.4.1982

Aus dem Buch der Bilder (Rilke)
Klage
O wie ist alles fern ◊ und lange vergangen ◊ Ich glaube, der Stern, ◊ von welchem ich Glanz empfange ◊ ist seit Jahrtausenden tot. ◊ Ich glaube,

im Boot, ◊ das vorüberfuhr, ◊ hörte ich etwas Banges
sagen. ◊ Im Hause hat eine Uhr geschlagen . . . ◊ In
welchem Haus? . . . ◊ Ich möchte aus meinem
Herzen hinaus ◊ unter den grossen Himmel treten. ◊
Ich möchte beten. ◊ Und eines von allen Sternen ◊
müsste wirklich noch sein. ◊ Ich glaube, ich wüsste,
◊ welcher allein ◊ gedauert hast, - ◊ welcher wie eine
weisse Stadt ◊ am Ende des Strahls in den Himmeln
steht . . .

Genf, 1.5.1982

Täglich segne ich Dich; täglich sag ich ein kurzes,
aber flehendes Gebet für Dich. Dies ist in diesen
Zeiten mein einzig mögliches Zeichen der Liebe.
  Ich blühe für Dich ◊ und verberge die Blüten ◊ unter
den grünenden Blättern der Hoffnung. C.

Genf, 2.5.1982

Nur EINMAL wieder wunschbefreit erwachen
können!
  Goethe sagt: „Alle Verhältnisse sind unzerstörlich,
die das Schicksal beschlossen hat." Das hilft mir
durch die Not der Tage.

Genf, 3.5.1982

Wie wohl Dein Leben jetzt verläuft? Ich gedenke
Deiner, Tag und Nacht, ununterbrochen.
  Wenn nur Du nicht so leiden musst! Ich bin Dein im
Geheimen und schweige.
  Ein Schauspiel in der Winterlandschaft meiner
Seele.
  Zurück vom Büro und da wartet Dein Brief. Alle
meine Gefühle wallen in EINEN wilden Stoss zu Dir.
Wie werde ich mich je wieder alleine zurechtfinden
im Leben. Eine abgrundtiefe Traurigkeit liegt über
mir. Ich werde als ewiger Bettler leben müssen. (Mit

der leisen Hoffnung, einmal die Erntezeit zu erleben).

Genf, 4.5. bis 9.5.1982

Niemand hört die schluchzenden Schmerzenslaute der Nacht.
Wird diese Wunde einmal zu Ende heilen.
So – bewegungslos im Zueinanderhoffen ausharren.
- - Stille – Stille – Da - - fiel ein Blütenblatt vom Zweig oder war's eine Träne?
" . . . On risque de pleuer un peu si l'on s'est laissé apprivoiser . . . "
Wer begleitete mich leisen Schrittes im Traum "als ich Blumen über den Ölberg streute?"
Wird morgen Deine Stimme aus dem Dunkel steigen? Ich zage, zittere. Wann und wo endet der Kreuzweg? C.

Genf, 10.5.1982

A L L E L U J A H !
Vive la vie !

Gossau, 12.5.1982

In meines Herzens Schrein ◊ in wehmutsvollen Zeiten ◊ dir Freude zu bereiten ◊ erblüht ein Blümelein ◊◊◊ Du schaust es insgeheim ◊ willst immer mich begleiten ◊ in lichterfüllte Weiten ◊ geliebtes Schwesterlein ◊◊◊ Dir Wärme darf ich spenden ◊ in breitgeführtem Strom ◊ und dir die Lieb versenden ◊◊◊ die ich empfangen schon ◊ sie sei dir in den Händen ◊ der allerreinste Lohn. F.

Gossau, 12.5.1982

Leis hab ich dich ans Herz genommen ◊ in dieser sorgenschweren Nacht ◊ mein Hiersein hat dir Trost gebracht ◊ bis du zur sanften Ruh geronnen ◊◊◊ Nun strahlet uns der Liebe Sonnen ◊ sie hat in uns gar

159

wohl-bedacht ◊ die schönsten Hoffnungen entfacht ◊ die je ein kühner Geist ersonnen ◊◊◊ Wir werden leben insgeheim ◊ so traut und lieb verbunden ◊ in Liebesseligkeit zu zwein ◊◊◊ Bis wir Befriedung dann gefunden ◊ in unserm innerlichsten Sein ◊ den Siegeskranz ums Haupt gewunden. F.

Gossau, 12.5.1982

DU hast ein feurig Herz ihr mitgegeben ◊ auf hochgestimmte Lebensbahn ◊ mög es sie ständig himmelan ◊ in azurblaue Weiten heben ◊◊◊ Wohin soll ihre Wildheit streben ◊ wenn sie nicht in Vollendung dann ◊ den Preis der Göttlichkeit gewann ◊ in ihres Herzens heissem Weben ◊◊◊ Dir Herr ist sie im Innersten zu eigen ◊ doch muss ihr einer dem sie traute ◊ den Weg der Wege liebvoll zeigen ◊◊◊ Bis sie auf nie verblüh'nden Wiesen schaute ◊ der Lichtgebornen Paradiesesreigen ◊ im Klingen liebessel'ger Laute. F.

Gossau, 12.5.1982

Wir durften uns das Herz erschliessen ◊ in seinen stillen Tiefen war ◊ ein helles Funkeln offenbar ◊ voll Freuden zu geniessen ◊◊◊ Nun müssen Tränen wir vergiessen ◊ lang wird das sorgenreiche Jahr ◊ und grau darob manch feines Haar ◊ im unaufhörlichen Verdriessen ◊◊◊ Nur meine Seele nennt und nennt ◊ den wundervollen Namen ◊ den sie wie keinen andern kennt ◊◊◊ Seit wir zusammenkamen ◊ und der sie ewiglich umrennt ◊ wie ein unsterblichs Amen. F.

Gossau,12.5.1982

So sinnlos will mir alles scheinen ◊ mit Nebeln ist der Blick verhängt ◊ mein ganzes Wesen ist durchtränkt ◊ von trauervollem Weinen ◊◊◊ DU hast das Trennen und Vereinen ◊ zutiefst ins Menschenherz gesenkt ◊ und hast es immerfort gelenkt ◊ zum Allerbesten, will ich meinen ◊◊◊ So wollen wir denn gläubig leiden ◊ das Schwere das uns fliesset zu ◊ erbarme Herr dich unsrer Beiden ◊◊◊ und lass in Deinem weiten Du ◊ uns finden für Unendlich-keiten ◊ die langersehnte sel'ge Ruh. F.

Gossau, 12.5.1982

In der weiten grossen Welt ◊ haben wir uns einst gefunden ◊ und in herzlichem Gesunden ◊ uns einander zugesellt ◊◊◊ Was uns stets zusammenhält ◊ sind die vielen trauten Stunden ◊ liebevoll mit Freud umwunden ◊ vor die Sinne hingestellt ◊◊◊ So ist unser Lebensfügen ◊ das vom Schicksal uns bestimmt ◊ in den gross geschauten Zügen ◊◊◊ Eine Glut die nie verglimmt ◊ und in ewigem Genügen ◊ uns Holdseligkeit gewinnt. F.

Gossau, 15.5.1982

Ich wandre durch die weite Welt ◊ getrieben wie vom Fluche ◊ erfüllt von etwas das mich quält ◊ auf einer langen Suche ◊◊◊ Und raste ich nach weitem Gang ◊ bei mancher kühlen Linde ◊ schlägt mir das Herz noch immer bang ◊ derweil ich dich nicht finde ◊◊◊ Und werden Jahre selbst vergehn ◊ kann es nicht anders werden ◊ die tiefe Sehnsucht bleibt bestehn ◊ solang ich leb auf Erden ◊ und wird sie nie uns hier erfüllt ◊ muss es im Tod gelingen ◊ dass unser Dasein sich enthüllt ◊ zu ewigem Zusammenklingen. F.

Gossau, 15.5.1982

Ich ströme dir die Liebe eines Gottes zu ◊ in strahlendem Umhüllen ◊ ein Dich-mit-namenloser-Seligkeit-Erfüllen ◊ zutiefst im Innersten in wunder-barer Ruh ◊◊◊ Von meinem Sonnenatem ange-haucht bist du ◊ und öffnest dich nach nächtigem Zerknüllen ◊ als Märchenblume in der Tage Trüllen ◊ derweil ich Zärtlichkeiten dir verschenbk auf hoher

Fluh ◊◊◊ Dir bin ich der Holdseligkeiten Bronnen ◊ von dessen Rand die Lippe Labsal trinkt ◊ an meiner Brust bist du der Einsamkeit entronnen ◊ Unendlichkeit ist es, das deiner Seele winkt ◊ indem sie wie ins aberhelle Licht der Sonnen ◊ vollkommen hingegeben in mein Strahlenwesen sinkt. F.

Gossau, 15.5.1982

Auf der Frühlingsreise ◊ hüllt uns fröhlich ein ◊ das Singen einer Meise ◊ oder andrer Vogelreim ◊◊◊ Unsres Herzens Gang ◊ hört inniglich dabei ◊ hoch beglückenden Gesang ◊ einer Liebesmelodei ◊◊◊ So geht ständig feines Klingen ◊ durch die vielbewegte Welt ◊ uns der Freude Trost zu bringen ◊ in der Sorge die uns quält. F.

Gossau,16.5.1982

Was gäb ich dafür hin zu hangen ◊ an deinem rosenroten Mund ◊ um von dir bebend bis zum Seelengrund ◊ in Fülle Lust und Liebe zu empfangen ◊◊◊ Du bist mir all so tief ins Herz gegangen ◊ in manch galanter Schäferstund ◊ dass wir in unlösbarem Bund ◊ uns ständig im Gedankenreich umfangen ◊◊◊ Und kann der Lippen Zärtlichkeit sich nicht erfüllen ◊ so sterb ich täglich, stündlich deinem Wesen zu ◊ wärst du verborgen mir selbst hinter tausend Tüllen ◊◊◊ Ich fände nimmer die ersehnte Ruh ◊ bis ich darf mit Seligkeit umhüllen ◊ mein inniglich geliebtes Du. F.

Gossau, 18.5.1982

Je weiter der Strom ◊ umso stärker die Brücke ◊ zu schliessen die Lücke ◊ die klaffende schon ◊◊◊ Da strömet davon ◊ der Gedanke zurücke ◊ der hoch uns beglücke ◊ der Liebe zum Lohn ◊◊◊ Im Bogen der Herzen ◊ erklingen dann wieder ◊ nach bohren-

den Schmerzen ◊◊◊ ergreifende Lieder ◊ die breiten
im Scherzen ◊ ihr buntes Gefieder. F.

Gossau, 21.5.1982

Derweil ich stumm die Hand in deine lege ◊ nicht
wissend noch für ach wie lang ◊ erschüttern unsre
Herzenstiefen bang ◊ des Abschieds schicksals-
trunkne Schläge ◊◊◊ Es kreuzten sich zwei
Lebenswege ◊ geführt aus der Unendlichkeiten
Drang ◊ verstummt ist eines Vogels lieblicher
Gesang ◊ als ob getroffen auf dem Feld er läge ◊◊◊
Da war's an dir, ihm Herrlichkeit zu zeigen ◊ Ob
deinem übermächtigen Entschluss ◊ ermannt er sich
zu neuem Übersteigen ◊◊◊ An deinem Vorbild wird
sein tiefgefühltes Muss ◊ noch in Titanenhöhen dir
zu eigen ◊ vor Götterblicken stehn aus einem Guss.
Fr.

Gossau, 21.5.1982

Ach, in deinen Armen sterben ◊ welche Wonne,
welche Pein ◊ seliglich an dir - verderben ◊ dein
Geblüt in Mark und Bein ◊◊◊ Welche Labsal, dich
umfangen ◊ in der allerletzten Zeit ◊ eh die Augen
bleiben hangen ◊ mit dem Blick zur Ewigkeit ◊◊◊
Deinen Atem noch zu spüren ◊ wenn der meine
plötzlich stockt ◊ meine Hand ans Herz dir führen ◊
weil auf mir die Hippe hockt ◊◊◊ Welche Seligkeit, zu
schauen in dein strahlendes Gesicht ◊ deiner Liebe
zu vertrauen ◊ währenddem das meine – bricht. F.

Genf, 21.Mai 1982 bis 21.Mai 1983

Notizen Karins während des Getrenntseins.
Die Traurigkeit ist das Los der tiefen Seelen und der
starken Intelligenzen.
   Zum letzten Mal hat das Telefon geläutet. Ich liess
den Klang noch einmal durchs Zimmer hallen . . .
zum letzten Mal. Wie süss ein Telefon tönen kann,

wenn man weiss, dass es jetzt für immer verstummen wird.

Und dann sprachen wir noch einmal miteinander. Ruhig scheinbar, doch mein Herz schrie in seiner letzten Todesnot. Aber niemand hat es gehört. Wozu auch!

Ich werde lernen müssen, mit dieser tiefen, dunklen Traurigkeit zu leben.

Letzten Endes ist jeder Mensch doch immer alleine. Keiner kann etwas für den andern tun. Die innersten, leisesten Regungen und Erregungen sind nicht mitteilbar und müssen von jedem alleine ausgelebt werden. Du sagtest einmal: Wir werden durch das jetzige Erlebnis auch liebesfähiger. Das wünsche ich Dir, was mich anbetrifft, ist dies wohl ... ich mag nicht mehr reden.

5.6.1982

Weiss jemand was es heisst, während Tagen immer dieselben paar Strophen eines Gedichtes vor sich herzusagen (weil dich dieses Gedicht im Moment eben besonders berührt und anspricht) und dabei von morgens bis abends aus einer tiefen Traurigkeit heraus mit den Tränen und dem Schicksal zu kämpfen und dabei genau wissen, du bist allein, es gibt keine Hoffnung mehr, der Kelch ist ausgetrunken.

Dieses Gedicht, zur Zeit, ist folgendes: "Es hat dich ihr Klang (Du sprachst von der Sehnsucht) ohne je dich zu fragen glückselig und bang in die zärtlichen Arme der Liebe getragen."

5.8.1982

Oh, Frédéric,

ich kann nur weinen, weinen und zurückkehren ins Zelt, vor einem Jahr, und einen Moment jener Ewigkeit kosten, da wir beieinander lagen, so unendlich vom Glück durchströmt, mit den Sternen über uns. Jetzt ist mein Leben zu Ende; ich kann es nicht fassen, dass wir getrennt sind.

Ich spiele für Dich auf dem Flügel, im Häuschen, im Wald, unter der Sternkuppel, die Eule sitzt dabei und Du - Du - bist zurückgekommen. Die 3. Klaviersonate von Mozart tönt in die Nacht, ich habe sie "Tränensonate" genannt. Sie gehört Dir, uns; vielleicht kann ich sie einmal für Dich spielen.

Oh mein Geliebter, noch sind Ferien. Täglich höre ich Deine Stimme am Telefon die sagt: d'Firma Paul Weibel het Betriebsferie bis und mit am 8. August etc. etc.

Vor einem Jahr waren wir so glücklich. Und morgen ist unser Hochzeitstag. Nun wollen wir uns still die Hände geben ...

Oh wie liebe ich Dich, ewig, ewig werde ich Dich lieben. Frédéric, Du hast mich zu Deiner Frau gemacht und so bin ich Dein bis zum Tode.

Wie kann ich diese Schmerzen ertragen? Und ich kann Dich nicht einmal sprechen.

Liebster, täglich hauche ich Dir meine Zärtlichkeit zu, streichle Deine Wangen, meine Seele kriecht in Deine hinein. Ich bin so unendlich Dein.

Komm doch !! O komm! Frédérica.

5.8.1982

Liebster, mein Liebster,

ich bin in die Höhe gefahren, auf einen Hügel in Frankreich ganz in der Nähe von Genf, um die Sterne des letzten Jahres zu suchen. Die Wege waren voll jener nackigen, braunen, schleichigen Schnecken, die in Dornach so gern in meine blauen Schuhe krochen und Dir davon eine am Bein Deiner beigen Hose hochgekrochen ist (wahrscheinlich während wir uns im Zelt in den Armen lagen). Du kamst dann am folgenden Morgen in dieser Hose zur Kirche zu unserer Hochzeit. Welch extravagantes Paar wir in den Augen der braven Dorfbewohner, einschliesslich des Herrn Pfarrer gewesen sein mussten: Also Limacen waren da, Grillen zirpten im hohen Gras, die Sommernacht duftete und ebenfalls duftet nach Dir der weisse Trainer, den ich angezogen habe. Oh Du, ich fühle mich in ihm von Dir umschlungen. Du trugst ihn ja auch in jener sagenhaften Nacht am 5./6.8.1981.

Aber Sterne hat es beinahe keine. Der Abendstern ist da (wär ich doch, und wär so gern, dort hinauf zu dir gestiegen, mein geliebter Abendstern).

Noch ein, zwei Sterne blinken schüchtern, nichts von dem Gold oder gar von Kometen in reicher Fülle wie letztes Jahr. Ich bin darüber froh, der Schmerz wäre nur noch grösser.

Oh Frédéric, ich bin so müde. Ich bin erfüllt von Dir und von der ganzen Traurigkeit und Sehnsucht, die mich umklammern, seitdem sich unsere Wege (hoffentlich nur für einige Zeit) trennten.

Ohne Dich gibt es für mich keine Freuden mehr, nur Tränen; und doch - wie dank ich Dir für alles, auch für diese Traurigkeit und diese Tränen. Ich weiss nur eines: ich bin Dein - Dein auf ewig. Deine Frédérica
12.8. 1982
Que Dieu te bénisse et te protège, toi, centre de mes pensées tendres et douloureuses.
(Deutsch) Gott segne und beschütze Dich, Du Mitte meiner zärtlichen und schmerzlichen Gedanken.
12.8.1982 Wär ich doch und wär so gern, dort hinauf zu dir gestiegen, mein geliebter Abendstern.
13.8.1982
Comme les étoiles semblent lointaines cette année.
Nîmes, 8.8.1982
Un olivier, une libellule, ce soleil brûlant le jour et des milliers d'étoiles, la voie lactée la nuit. Je refuse de penser. Le monde me semble être un immense gouffre dans lequel je vais m'enfoncer. Comment vivre ? Je t'aime tant.

8.8.1982

Der Sommer sinkt. Er war lang, heiss, müde. Nach einem wöchigen Aufenthalt in Villars sind Patrick und ich mit Freunden in den Süden Frankreichs gefahren: Provence, Camargue, Pferde, Lavande et Rosmarin, un ciel bleu transparent, des rencontres chaleureuses, un coucher de soleil sur 1'étang de Vacarès, inoubliable. Mais tout cela sans toi et mon coeur est une grande blessure qui ne guérit pas, refuse de guérir. Des nuits étoilées, dérangées par les sanglots de mon âme. Et toi ... loin ... loin... Peut-on survivre avec ces souffrances ?

Un été qui m'a donné, comme seule et unique consolation, la profonde redécouverte de Mozart. Je joue la sonate No. 12 en la majeur que 1'année passée, le 5 septembre exactement, tu m'a mise dans la main et dans le coeur et que tu as intitulée Candlelight-Sonate. Je joue la sonate No. 3, K. 311, que j'appelle Tears-Sonate, et je te dédie tout particulièrement le Andantino con espressione en sol majeur. Je le joue éperdument amoureuse de toi, les larmes m'aveuglent, je t'appelle. M'as-tu entendu ne fût-ce qu'une seule fois ? Oh mon amour! La monotonie des jours qui se suivent, sans toi, m'écrase. Mais je tiens bon, par amour pour toi, pour que tu vives heureux, tranquille ... Die Liebe veredelt das Herz . . . Je dis oui à la vie qui est maintenant la mienne, Dieu m'aidera à la supporter. Et qui sait ... un jour ... Je récite nombre de tes poesies, je rejoue 1es chansons que nous avons créées ensemble, "die geistigen Kinder die wir zeugten", la nuit je me réveille souvent, je regarde la montre et je me demande ce que tu fais, as-tu toujours mal au dos? Je te vois dormir, je t'entends respirer, je sens battre ton coeur, et je pose

Mes lèvres sur tes paupières closes, tendrement, doucement pour que tu ne te réveilles pas.

8.9.1982
Depuis le 1er septembre je travaille. Pour oublier, pour ne pas attendre ton téléphone qui ne vient de toute façon pas, ou voir le facteur qui passe sans une lettre de toi.

An Dir wachsen, ja, wenn ich nicht vorher zerbreche. Je souffre tellement et la vie n'a pas de sens.

La musique nous sert de pont ... je viens vers toi à travers elle. Que Dieu te bénisse ... adieu.

Deutsch
Wie doch die Sterne weit weg scheinen, dieses Jahr. Ein Olivenbaum, eine Libelle, die brennende Sonne am Tag und Tausende von Sternen, die Milchstrasse, in der Nacht. Ich will nicht mehr Denken. Die Welt erscheint mir als ein gewaltiger Abgrund, in den ich mich hineinstosse. Wie soll ich noch leben? Ich liebe so sehr.

Der Sommer sinkt. Er war lang, heiss, müde. Nach einem wöchigen Aufenthalt in Villars sind Patrick und ich mit Freunden in den Süden Frankreichs gefahren Provence, Camargue, Pferde, Lavendel und Rosmarin, ein durchscheinend blauer Himmel, herzliche Begegnungen, ein unvergesslicher Sonnenuntergang über dem Moorland von Vacarès, Aber all das ohne Dich und mein Herz ist eine grosse Wunde, welche nicht verheilt, sich der Heilung widersetzt. Sternenübersäte Nächte, gestört durch die Seufzer meiner Seele. Und Du . . . weit, weit weg ... Kann man mit solchen Qualen überleben?

Ein Sommer, welcher mir als einzigen und alleinigen Trost die innige Wiederentdeckung Mozarts geschenkt hat. Ich spiele die Sonate Nr.12 in A Dur, welche Du mir letztes Jahr, genau am fünften September in die Hand und ins Herz gelegt hast, und welche Du mit dem Namen „Kerzenlicht-

Sonate" bezeichnetest. Ich spiele auch die Sonate Nr.3, KV 311, welche ich „Tränen Sonate" nenne, und ich weihe Dir ganz besonders das Andantino davon. Ich spiele es, leidenschaftlich in Dich verliebt, die Tränen machen mich blind, derweil ich Deinen Namen rufe. Aber hast Du mich auch nur ein einziges Mal gehört? Oh, mein Geliebter! Die Eintönigkeit der Tage, einer nach dem anderen ohne Dich, zermalmen mich. Aber ich halte mich gut, aus Liebe zu Dir, damit Du glücklich und ruhig leben kannst ... Die Liebe veredelt das Herz ... Ich sage ja zum Leben, welches jetzt nur mir gehört, Gott wird mir helfen, es zu ertragen. Und wer weiss ... eines Tages ... werde ich wieder Deine Gedichte rezitieren, werde ich mich an den Liedern erfreuen, die wir miteinander geschaffen haben, „die geistigen Kinder, die wir zeugten". Oft erwache ich in der Nacht, ich schaue auf die Uhr und ich frage mich, was Du gerade tust? Schmerzt Dich noch immer der Rücken? Ich sehe Dich schlafen, ich höre Dich atmen, ich fühle, wie Dein Herz schlägt und ich lege meine Lippen auf Deine geschlossenen Augenlider, liebevoll und leise, damit Du nicht erwachst.

Seit dem ersten September arbeite ich. Um zu vergessen, um nicht Deinen Telefonanruf zu erwarten, welcher ja doch nicht kommt, oder zu sehen wie der Briefträger vorbeigeht, ohne mir von Dir einen Brief zu bringen.

An Dir wachsen, ja, wenn ich nicht vorher zerbreche. Ich leide so sehr und das Leben hat keinen Sinn mehr.

Die Musik dient uns als Brücke ... ich komme über sie zu Dir. Gott möge Dich segnen ... adieu.
9.9.1982 Mein Sommer? Ein Mozartsommer, durchflutet von Schönheit und Schmerz aus den Sonaten 3, 4, 5, 6 ... und eine stumme Träne, die Dir gehört.

Welche Seligkeit und Süsse, mit jedem Tag der Ewigkeit näher zu kommen, der Ewigkeit, die ja in sich selber wieder Anfang ist. Sonst müsste die Seele ja so sinnlos zugrunde gehen.
10.9.1982
Hörst Du das Schluchzen der Sehnsucht in der Nacht ? Es gibt Momente, in denen die Dunkelheit so tief und die Verzweiflung unendlich ist. Werde ich Dich je wieder einmal sehen, hören, lesen ??

7

Welch herrliche Welt musste doch ein Ende nehmen

Genf, 24.9.1982

Heute habe ich begonnen, meine eigenen armseligen Gedichte ins Reine zu schreiben. Alle handgeschriebenen Entwürfe übergebe ich den Flammen. Alles was ich tue, Geliebter, ist in Deinem Namen. Ich weine, weine, das Herz will mir brechen. Welch herrliche Welt musste doch ein Ende nehmen. Meine Seele wird bluten und unter der leisesten Berührung von Dir, auch wenn's nur noch Erinnerungen sind, erzittern und erbeben bis zu meinem Tode.

Alle abgeschriebenen Gedichte kommen zu den Deinen im grauen Dossier, so sind unsere Gedanken auch physisch beieinander.

Ich darf jetzt seit dem 21.9. (4 Monate seit unserem aller-letzten Telefongespräch) im Bach-Chor singen. Auch das verdanke ich Dir. Ohne Dich hätte ich weitergeraucht und meine Stimme nie mehr brauchen können. Aber im Moment tönt sie wieder etwas belegt. Ich habe ja diesen ganzen Sommer nie mehr singen können, nur schluchzen und weinen. Oh Frédéric!! Oh Du!!

Seit ich weiss, dass unser Geheimnis an andere Menschen gelangt ist, habe ich meine Regeln nicht mehr gehabt. Letzte Regeln am 3.4.1982. Der psychische Schock was so gross. So bin ich um Deinetwillen auch schon sehr früh nicht mehr fruchtbar. Aber was tut's. Ich hätte ja wirklich nur von Dir noch ein Kind gewünscht. Und Du bist jetzt so weit ... so weit ... Es macht mir nichts aus, alt zu werden. Ich wollte ja nur für Dich jung und schön sein.

5.10.1982

Du, immer Du. Aber jetzt weiss ich, dass wir ferne voneinander leben müssen. Ich hörte Dich rufen: unzählige Male : Karin, Karin.

8.10.1982

Am Cheminéefeuer sitze ich, geliebter Frédéric. Ich las wieder in Deinen Gedichten und denke, was für ein seltener, herrlicher Mensch Du bist und der Schmerz der Trennung will in mir hochsteigen und mich zum Weinen bringen. Tag und Nacht denke ich Deiner, jeden Abend um 9 Uhr komme ich nahe zu Dir, bete UNSER Gebet, fühle Dich, umarme Dich mit meinen Gedanken und die Augen meiner Seele blicken traurig und verloren in die Weite. Machmal lächelst Du, und darin kann ich für Momente auch beinahe glücklich sein. Zweimal pro Woche singe ich im Bach-Chor und musiziere überhaupt mehr denn je. Ich spiele für Dich jeden Tag etwas. Mein Leben kreist nach wie vor um Dich allein, trotzdem die Kartonschachteln mit allen Andenken, Original-briefen und -Gedichten jetzt zugeschnürt, verklebt und eingeschlossen schlummern. Was mir bleibt sind die zwei Ordner mit den Kopien aller Deiner Gedichte, Dein Bild, Deine Haare, der Talismann, das Metallband (es steht im Mittelpunkt auf dem Pult in meinem Büro) und der weisse Trainer, der immer noch stark nach Dir duftet.

Frédéric, ich bin Deine Frau, ich werde Dir die Treue halten immer, immer ... Du kannst meiner Liebe vertrauen. Oh Du hast mich ja so reich beschenkt, dass es für ein ganzes Leben reicht.

Weisst Du noch, die Blümlein im Wiesengrund ? Ich versprach, sie zu hüten, um jeden Preis. Und ich darf mein Wort nicht brechen.

Das Ungeheure, das ich leide, täglich, trage ich im Herzen, mutig, aus Liebe zu Dir. Ich werde es Dir zum Geschenk darbieten, wenn wir uns wiedersehen, ... im Himmel ... auf Erden ... wer weiss es.

Oh noch etwas. An meinem Geburtstag war ich schwach und zu Tode traurig. Da rief ich bei Dir im

Geschäft an um zu erfahren, Du seiest für eine Woche in den Ferien. Ich nannte meinen Namen nicht ... Vive en paix, mon amour.
Dimanche 17.10.1982
Il m'a semblé entendre aujourd'hui une discussion entre toi et ta femme à mon sujet. Elle t'a demandé si nous ne nous étions plus parlé depuis mai. Tu lui disait "non" et tu étais heureux de ne pas mentir et de voir qu'elle te croyait. Je crois que la confiance s'est de nouveau installée entre vous. J'en suis profondément heureuse, Frédéric, même si c'est au prix de beaucoup de larmes et de souffrances.

   Grâce à toi, je ne fume plus; grâce à toi, je rejoue du piano; grâce à toi, je chante; grâce à toi, j'ai retrouvé Jésus ; grâce à toi, je connaît Steiner; grâce à toi, je vis; grâce à toi, ... tout ... Merci, oh merci, mon amour.
Deutsch)
Mir scheint, ich hätte heute eine Diskussion zwischen Dir und Deiner Frau vernommen. Sie hat Dich gefragt, ob wir seit Mai nicht mehr miteinander gesprochen haben. Du hast „nein" zu ihr gesagt und Du warst glücklich, nicht gelogen zu haben und zu sehen, dass sie Dir glaubte. Ich glaube, dass ihr wieder Vertrauen zueinander habt. Ich bin darüber sehr beglückt, Frédéric, auch wenn es um den Preis von vielen Tränen und Leiden ist. Wegen Dir rauche ich nicht mehr, wegen Dir spiele ich wieder Klavier, wegen Dir singe ich wieder, wegen Dir habe ich Jesus wiedergefunden, wegen Dir kenne ich Steiner, wegen Dir lebe ich, wegen Dir, ... alles. Danke, oh danke mein Geliebter.
18.10.1982
St. Luc Luca. Unter Marterqualen wachsen '.
Mon Dieu, donne-moi les moyens de le supporter.
Wer mich liebt, der nehme sein Kreuz auf sich und folge mir nach.

19.10.1982
Mozart, immer wieder Mozart. Seine Musik ist Balsam auf mein blutendes Herz, das nicht zur Ruhe kommen kann, wohl nie mehr. Silberne Fäden spanne ich hin zu Dir, Lieber, mit der Sonate No. 4, KV 333. Im Allegretto grazioso, e-mo11, das ich für Dich "Tendresse" nenne, küsse ich behutsam alle Tränen von Deinen lieben Wangen, streichle Dir mit den Lippen über die Augen, über die Nasenflügel, über die Stirne, so sacht und lieb bis ich Dich glücklich spüre. Oh wie schön sind diese Töne die ich Dir sende, rein, schillernd, tröstlich, zärtlich. Ich weiss, die Luft bewegt sich leise in Deiner Nähe, durch diese hellen Klänge, durchwoben von meinen innigsten Gedanken an Dich angefacht und Du lächelst, lauschest in die Weite, gegen Westen, wo ich für Dich wirke, atme und liebe,
Ich bin Dir treu bis in den Tod. Karin
22.10.1982
Die Traurigkeit ist das Los der tiefen Seelen und der starken Intelligenzen. (Alexandre Vinet)
27.10.1982
"Tendresse, mon amour."
So heisst die 4. Klaviersonate von Mozart für Dich und mich. In ihr bist Du mir gegenwärtig und ich musiziere für Dich in innigster Verbundenheit, in Dich verschmolzen. Alle feinen Töne liebkosen Dich im Äther. Was wär ich ohne diese Musik, die uns in reinster Lieb' verbindet!
28.10.1982
Victoria Hall. Philharmonisches Orchester Moskau. Tschaikovsky, Prokofiev.
Ich stehe mit Dir auf der Terrasse der Welt, empor-gehoben über alles Irdische.

29.10.1982

Abendröte, Abendglut, Feuerball der Sonne, der die feinen Wölklein wie Wattebäusche erscheinen lässt. Ich schöpfe mit zarten Händen von diesem Licht, es rinnt mir durch die Finger, auf Dich, über Dich. Ich bestreiche Dein ganzes liebes Gesicht mit diesen sanften, roten Flocken. Du lächelst und lässt es Dir geschehen.

Sieh - ich geb Dir Dein Geschenk zurück: Die Morgen- und die Abendröte . . .

Ich möchte vor Sehnsucht nach Dir sterben.

Aber etwas in mir sagt mir, gut und in Dir zu leben, um so Dir entgegenzugehen bis wir uns dann einmal einmal - endlich - vereinen können. Ich lebe mit dieser Idee durch die Tage, Wochen, Monate. Einmal wird die Wartezeit zu Ende sein, nicht wahr, Frédéric ?

30.10.1982

Gewisse Gedichte aus der Weltliteratur beeindrucken mich so stark, dass es mir schaudert. So zum Beispiel dieses von C.F. Meyer:

Der römische Brunnen

Aufsteigt der Strahl und fallend giesst ◊ Er voll der Marmorschale Rund ◊ Die, sich verschleiernd, überfliesst ◊ In einer zweiten Schale Grund ◊ Die zweite gibt, sie wird zu reich ◊ Der dritten wallend ihre Flut ◊ Und jede nimmt und gibt zugleich ◊ und strömt und ruht.

... Klänge aus weit, weit entfernten Zeiten und Leben mit Dir.

2.11.1982

Oh Du, ich war in Dornach, habe die Schlossruine wieder aufgesucht, den Weg nach Gempen, die Weiher - - - und nichts mehr gefunden. Mit Dir hatte alles ein anderes Gesicht.

Wil wohnt jetzt so nahe bei Dornach und in Kürze werde ich noch einmal versuchen, unsere Spuren zu finden. Wie hab ich Dich gerufen . . . Hast Du mich gehört ?

Ob man wohl einmal Töne in die Ewigkeit mitnehmen kann ?

4. Klaviersonate von Mozart, im Allegretto, gleich nach der "Cadenza". Ich muss weinen ob so viel innerlicher Schönheit.

Du hast mir die Augen geöffnet für all diese Schönheit der Welt und mich mit den zärtlichsten Händen ins Lichtbad der Sterne gestellt.

15.12.1982

As-tu entendu mon silence de toutes ces semaines, de ces longues journées et de ces interminables nuits? Oh Ludwig. Je souffre tellement:

Depuis 4 semaines environ, je te sens plus que d'habitude (si c'est possible); je capte toutes les ondes qui viennent de toi. Je te sens physiquement, à la folie, et voilà. la preuve aujourd'hui.

LA CROIX, mon amour, TA CROIX, je la porte avec toi, pour toi, elle blesse mon âme jusqu'au plus profond d'elle-même, elle est lourde et dure, mais je la porte; c'est toi qui 1'as posée sur mes épaules mais c'est aussi toi qui m'as enseigné COMMENT la porter.

Tous 1es jours, je lis Steiner, et des liens forts et doux nous unissent. Je caresse le livre que ta main aussi a touché . . . et je pleure, de douleur, d'ennui de toi. J'ai mal . . . mal.

Deutsch

Hast Du mein Schweigen vernommen, durch all die Wochen, die langen Tage und die unzählbaren Nächte? Oh Ludwig, ich leide dermassen!

  Seit etwa vier Wochen spüre ich Dich mehr als gewöhnlich (wenn das überhaupt möglich ist); ich nehme alle Schwingungen auf, die von Dir kommen.

Ich spüre Dich, als wärst Du neben mir, es ist zum Verrücktwerden, und da . . . der Beweis, heute.

DAS KREUZ, mein Geliebter, DEIN KREUZ, ich trage es mit Dir, für Dich, es segnet meine Seele bis in die innigsten Tiefen ihrer selbst, es ist schwer und hart, aber ich ertrage es; Du hast es auf meine Schultern gelegt, aber Du hast mich auch gelehrt WIE ich es tragen soll.

Jeden Tag lese ich Steiner, und starke und zärtliche Bande vereinigen uns. Ich liebkose die Bücher, die auch von Deiner Hand berührt sind . . . und ich weine, vor Schmerz, weil ich Dich so sehr entbehre. Das tut mir weh. . . so weh.

16.12.1982

Wenn ich nur nicht immer an der Echtheit aller Dinge zweifeln müsste.

17.12.1982Wir schauen beide ein . . . und zählen, wer wen suchen soll.

13.12.1982 Ich kämpfe gegen die Lust, Dich anzurufen. Wie ein verdorrter Acker, voller Grauen, ist meine Seele und verlangt nach Dir. Dort bist Du, dort wo die Sonne aufgeht, dort wo der Himmel morgens so schön und traurig ist. Dort bist Du, mein Geliebter, unerreichbar und doch mein einziger Trost.

Hiiiilf mir doch !

19.12.1982

Rein wie der Tau ist alles Sehnen ...

20.12.1982 P A X in aeternum.

21.12.1982

Jeden Abend lese ich Steiner. C'est une veritable drogue pour moi. Oh mon amour. Que de vallées tu me fais traverser!

Je t'écoute vivre, notre union est parfois si forte que je te sens physiquement. Je reste couché dans mon lit et ma main cherche la tienne à côté de moi. Et

quand je la tiens je reste immobile pendant de longs moments, complètement perdue en toi.
Est-ce que tu attends un signe de moi ?
La croix - j'allume une bougie, je la pose sur le piano et je joue pour toi, au nom de la croix que nous portons ensemble.

Deutsch
Jeden Abend lese ich Steiner. Das ist wahrhaftig eine Droge für mich. Oh mein Geliebter. Was für Täler lässt Du mich durchschreiten.
Ich vernehme wie Du lebst, unser Vereintsein ist manchmal so stark, das ich Dich körperlich fühle. Ich mag in meinem Bett liegen und meine Hand sucht die Deine neben mir. Und derweil ich sie anfasse, bleibe ich unbeweglich während langer Zeit, vollkommen an Dich verloren.
    Das Kreuz – ich zünde eine Kerze an, ich stelle sie auf das Klavier und spiele für Dich, im Namen des Kreuzes, das wir zusammen tragen.
    . . . Herr gib dass unsre Liebe heilig sei . . .
    Steiner sagt: Keine Religion steht höher als die Wahrheit. Und ich möchte beifügen : ... und als die Liebe.
Das Schwerste für mich ist dieses Stillschweigen zu halten, da ich Dir sovieles sagen, Dich sovieles fragen möchte.
    Meine Seele ist ein Kelch der Tränen; er wartet darauf, ausgetrunken zu werden. Wann? Hohl und bang tönt diese Frage. En attendant le monde tourne et les etoiles sourient tristement et restent muettes. C'est le neant.
22.12.1982
Mon amour, dans quelques minutes je vais avoir ma dernière lesson de piano de cette année. Connais-tu les études pour Clavecin (naturellement) de Domenico Scarlatti? Je les joue depuis deux

semaines et découvre une musique d'un tout autre monde encore, plus spirituel et plus léger, où les âmes se rencontrent libérées du poids terrestre et où elles sont si légères, comme des plumes, que leurs mouvements ressemblent à un ballet. Oh Frédéric, pourquoi ne pouvons-nous pas partager ces impressions de beauté et de sérénité?

Pourquoi encore et encore souffrir? Pourquoi ?

Deutsch
Unterdessen dreht sich die Erde, die Sterne lächeln traurig und bleiben stumm. Das ist das Nichts.
22.12.1982
Geliebter, in wenigen Minuten werde ich zu meiner letzten Klavierstunde gehen, dieses Jahr. Kennst Du die Etüden (natürlich) von Domenico Scarlatti? Ich spiele sie seit zwei Wochen und entdecke darin noch eine ganz andere Welt, mehr vergeistigt und leichtfüssiger, wo die Seelen sich, von der Erden-schwere befreit, begegnen und wo sie so leicht sind wie Federchen, deren Bewegtheit einem Ballet gleicht. Oh Frédéric, warum dürfen wir diese Eindrücke von Schönheit und Heiterkeit nicht miteinander teilen?
Warum müssen wir immer, immer leiden? Warum?
23.12.1982
Ist es Wirklichkeit? Deine Stimme, Dein Weihnachts-gedicht, von Dir gelesen. Ach, eine solche Freude wiegt tausend Schmerzen auf. Von Dir zu hören, dass Dornach auch Dir unsere Hochzeit in Erinnerung ruft, dass auch Du Tag um Tag fühlst, dass wir für immer zueinander gehören. Es ist Balsam auf meine zerschundene Seele.

Du sagst mir so liebe Dinge, Du sagst, dass Du mein Köpfchen streichelst, wie eine Mutter, dass Du mich anstrahlst wie eine Sonne, dass wir täglich abends um 9 Uhr zusammen sind.

Du hast auf ein Zeichen von mir gewartet; ich habe heute morgen hingelauscht und Dich vernommen. Darum rief ich an und Du bist von Glück überschüttet weil Du mich hörst. Oh Frédéric. Wir vereinbaren, in der Mitternachtsmesse ganz zusammen zu sein, Hand in Hand zu gehen, miteinander zu kommunizieren, und dem Jesus Christus unsere wunden Herzen auszuschütten. Du sagst: Wir werden uns umarmen, durchströmen.

JETZT IST ES WEIHNACHT GEWORDEN

Dein Kreuz: Das Lothringer-Kreuz oder 2 F = Frédéric und Frédérica. Du willst es nicht entzwei schneiden, weil es auch so für beide besteht.

Wir segnen uns - tschau, tschau - bis wann??

24.12.1982

Ein Brief von Dir: Mit dem Weihnachtsgedicht und einem persönlichen Gedicht von Dir an mich: Oh Gott, Du willst nicht, dass wir verzweifeln.

Aber wie leben ?

25.12.1982

Nous étions à la messe ensemble, nous avons communié ensemble . . . Je n'ai pas beaucoup aimé ce va-et-vient à 1'église; j'avais de la peine à me concentrer, mais j'ai tenu notre croix sur le coeur et j'etais avec toi; si exclusivement avec toi. C'est 1'essentiel.

Maintenant je suis assise dans mon ancienne chambre où j'ai vécu avec toi pendant deux ans. Je n'y dors plus, mais toutes mes affaires y sont restées et ton souvenir plane sur tous les objets qui me rappellent un temps heureux où tu osait me dire ton amour, où il n'y avait aucune réserve entre toi et moi et où je ne savais pas encore ce que cela voulait dire: Souffrir pour 1'Etre aimé. Comme les temps ont changé.

Sais-tu que le jour où nous nous sommes parlé au téléphone, le 23 décembre, j'ai de nouveau eu mes règles:

Deutsch
Wir besuchten miteinander die Messe, wir haben zusammen kommuniziert. . . . Ich habe das Kommen und Gehen in der Kirche nicht besonders geschätzt, ich hatte Mühe, mich zu konzentrieren, aber ich habe unser Kreuz auf dem Herzen gespürt und da war ich bei Dir, ausschliesslich bei Dir. Das ist alles, was nötig ist.

Jetzt sitze ich in meinem ehemaligen Zimmer, wo ich während zwei Jahren mit Dir gelebt habe. Ich schlafe nicht mehr dort, aber alle meine Sachen sind dort geblieben und die Erinnerung an Dich liegt auf allen Gegenständen, die mir eine glückliche Zeit vor Augen halten, wo Du es wagtest, mir Deine Liebe zu gestehen, wo es nicht die geringste Zurückhaltung gab zwischen Dir und mir und wo ich noch nicht wusste was es heisst: Um des geliebten Wesens willen zu leiden. Wie doch die Zeiten anders geworden sind.

Weisst Du, dass ich seit dem Tag, an dem wir am Telefon miteinander gesprochen haben, meine Regeln wieder habe.
28.12.1982
Ich krieche in die Falten Deiner Seele und lege mich hin, um zu schlafen. Bedecke mich mit Deiner Fürsorge und Zärtlichkeit. Ich will nie mehr aufwachen, nur auf Dich warten, bis auch Du Dich zur Ruhe legst.

Später. Wieviele Menschen sagen zueinander: "Ich liebe dich - je t'aime." Aber sie fühlen nicht einmal den hunderttausendstel von dem, was ich für Dich empfinde. Ich sage nicht nur, ich könnte für Dich sterben - nein - das ginge zu einfach und zu schnell.

Ich LEBE für Dich, mein Gatte, mit den hunderttausend Schwertern, die meine Seele durchdringen und mit diesem Herzen, das in einem Meer von Tränen schwimmt und fleht ... und fleht, dass Du nicht so leiden musst wie ich. O mon amour'.

8.1.1983 Ich warte, warte auf Deinen Anruf und weiss genau, er kommt nicht. Aber eines weiss ich, dass wir beieinander sind. Oh mein Lieber, das neue Jahr bringe Dir Segen, helle Blicke in die göttlichen Sphären und Trost und Freude jeden Tag. Darum bitte ich den Himmel für Dich. Ich war drei Tage in Basel. Machte einen kurzen Besuch in Dornach. Vollmond, Sterne, und viele Weihnachts-bäume im Goetheanum, alle ohne jeglichen Schmuck.

Wir sind, wie Du sagst: zwei tief verwandte Leben. Können Menschen enger verbunden sein als Du und ich?

Der Tod kann ja nicht so tödlich sein. Schau, wir haben schon so manchen durchgemacht und leben immer noch!

4.1.1983

Nous l'appelons "Clochard". C'est notre sapin de Noël. Quelqu'un qui possède une forêt dans le canton de Fribourg me 1'a offert. Non, il n'est pas ce qu'on dirait un beau sapin. Tout degarni, certaines branches manquent, 1a cime est cassé. Mon dieu, qu'il est lamentable, mais si attachant, si émouvant et si heureux. Jamais il n'aurait pensé finir sa vie dans un salon, garni de lumières et de mille merveilles, en se penchant sur un doux Jésus dans sa crèche. Patrick a même dit: Regarde comme il se crispe pour retenir ses aiguilles!! Maintenant nous 1'avons libéré de ses charges précieuses et d'un coup, il a laissé tomber toutes ses aiguilles, comme des larmes qui coulent, sans bruit. Il me fait pitié tout déshabillé, tout nu dehors. - Bientôt il pourra encore une fois nous servir. Nous en ferons un bon feux étincelant et chaud. Je suis sûre que cela le rendra heureux.

Deutsch

Wir nennen ihn „Clochard". Das ist unser Weihnachtsbaum. Jemand, der im Kanton Fribourg einen Wald besitzt, hat ihn uns geschenkt. Nein, er ist nicht das was man als schönen Baum bezeichnen könnte. Etwas schütter, manche Zweige fehlen, der Wipfel ist abgebrochen. Mein Gott, er ist bemit-leidenswert, aber so ergreifend, so bewegend und so glücklich. Sicher hätte er sich nie vorstellen können, sein Leben in einem Salon zu beenden, mit Lichtlein und tausend schönen Sachen bekränzt, indem er sich über ein süsses Jesuskind in der Krippe neigt. Patrick hat sogar gesagt: Sieh wie er sich anstrengt, um seine Nadeln zurück zu erhalten!! Jetzt haben wir ihn von seiner kostbaren Last befreit, und auf einmal hat er alle seine Nadeln fallen lassen, wie Tränen, die lautlos zu Boden gleiten. Er tut mir leid, ganz entkleidet und nackt draussen. – Bald könnte er uns noch einmal zu Diensten sein. Wir werden aus ihm ein schönes, flackerndes und wärmendes Feuer machen. Ich bin davon überzeugt, dass er darüber glücklich sein wird.

5.1.1983

Ich werde den ganzen Tod lang auf Dich warten.

Ein Sommer: von Christian Morgenstern.

Dieses Büchlein trägt in seinen Ätherleib eingeprägt EIN Datum :Do 6.8.1981 DREI Worte : Ich bin Dein

6.1.1983

Ach wie schön wäre das jetzt, Frédéric, wenn Du - wie so oft in früheren Zeiten - mit einem Telefonanruf in meinen stillen Abend hereinkämest. Wie vertraut konnten wir uns da einander mitteilen und jetzt: ich veröde in meiner Seele, vertrockne. So vieles möchte ich Dir mitteilen, mit Dir teilen; warum darf denn das nicht sein ? Ich möchte wieder einmal ein neues Steinerbuch lesen, das Du zuvor in Deine Seele aufgenommen und mit Deinen kostbaren Notizen versehen hast. Frédéric, wo sind wir angelangt? Darf ich Dich wirklich nicht mehr um ein solches Buch bitten? Sind die Schranken, vielmehr die Tabus so gross geworden? Welch eine armselige, traurige Welt. Wo ist Dein Genius? Wo Dein grosszügiger Geist, wo Deine Toleranz? Hat man Dich so in Ketten gelegt? Mein Herz blutet bei diesem Gedanken. Oh Gott, schenke mir Licht, damit ich das Unfassbare, Unverständliche verstehen kann.

11.1.1983

Wenn ich nicht mehr an Dich glauben kann, bin ich verloren.

17.1.1983

Was am meisten schmerzt, Frédéric, ist nicht das "Nicht mehr Erhalten" sondern das "Nicht mehr geben können". Ich muss Dir unbedingt irgendwie mitteilen, Du sollst Steiner's "Ereignis der Christus-Erscheinung in der ätherischen Welt", Bibl. Nr. 118, kaufen.

20.1.1983

Le plus merveilleux que je puisse m'imaginer dans la vie c'est TOI. Et tu n'es plus là. Alors, à quoi bon vivre? Je meurs, Frédéric. Ne m'entends-tu pas si je t'appelle? Je n'en peux plus. C'est ridicule cette situation, alors que nous sommes 1'un à 1'autre. Je t'appartiens mon amour. Qu'à toi!

Deutsch

Das Wundervollste das ich mir vorstellen kann im Leben bist DU. Und Du bist nicht mehr da. Wozu denn noch leben? Ich sterbe, Frédéric. Hörst Du mich denn nicht, wenn ich Dir rufe? Ich kann nicht mehr. Diese Situation ist so lächerlich, wo wir doch einander zugehören. Ich gehöre Dir, Geliebter. Nur Dir!

Ich habe heute alle unsere Lieder wiedergesungen und ge-spielt und meine Seele flog durch weite Ebenen zurück in jene selige Zeit, in der sie gedichtet, komponiert wurden.

Quelle souffrance atroce. Et quel bonheur en même temps.

(Welch entsetzliches Leiden. Und zugleich: welches Glück).

Ich bin so glücklich, Dich zu lieben und gleichzeitig muss ich daran elend zugrunde gehen. Frédéric, ich kann nicht normal leben ohne Dich, meine Tage gleichen einem Meer von Irrlichtern ... in denen ich Dich suche, nach Dir rufe ... und Du bleibst stumm. Warum, oh mon Dieu, warum ?

24.1.1983

Mir scheint, mein geliebter Frédéric, und es ist mir zumute als ob Du dieselben Gefühle hättest, dass wir uns ein ganz gewaltiges Erlebnis schenken, jetzt, in diesen für uns so neuen Zeiten: Nämlich, dieses grosse Opfer des Verzichts und des Stillschweigens zu bringen, das wahrscheinlich das Grösste an Überwindung kostet, und wenn man wirklich Stufen erklimmen kann durch Schmerz und Weh, dann sind wir wahrhaftig aneinander gewachsen und dem Himmel etwas näher gekommen.

31.12.1982

Une année s'achève - il me manquent les paroles - -
Oh wie möchte ich mit Dir die grosse, innige Freude am Graun-Konzert teilen. Wie wollte ich Dir am Telefon jene gewaltigen Momente schildern, in denen der ganze Chor, unter kunstvoller Leitung, sein Letztes hergibt; Meine Seele weint unter dem schmerzlichen Text der Kantate ... der Edle, der Gerechte, wird verachtet, wird verschmäht, stirbt den

Tod der Knechte. Warum darf ich nichts mehr mit Dir teilen? Immer schweigen. Es ist so hart.
29.1.1983
Was in uns träumt ? Da liegt ja nur der physische Leib, umgeben von der Ätherhülle, alles andere schwebt - - - irgendwo. Doch letzte Nacht träumte ich von R. Steiner, ich erinnere mich an keine Details unseres langen Gespräches, weiss aber noch, dass ich beim Erwachen den Eindruck behielt, auf dem rechten Weg zu sein.

Dann sah ich Sterne, unzählige Sterne am Himmel, die leuchteten in einer so lieben, aber intensen und ganz ungewöhnlichen Weise. Sie waren alle mindestens so gross wie eine Handfläche, etwas milchig, mit abgerundeten Formen und hatten alle eine Aura um sich, die ich ganz deutlich wahrnahm. Ich sagte mir noch im Traum, dass ich Dich jetzt anrufen darf, muss, denn eine Begegnung mir RS ist so etwas Unerhörtes, Grosses ... Und auch die Sterne .

Dann kam mir nur ein Satz in den Sinn, aus dem Du sofort das tiefste, sinnigste Gedicht schreiben würdest. Jetzt hab ich die Wortfolge wieder verloren, aber es lautete ungefähr so:

"Lichtstrahlen rinnen aus deiner Quellen-Ewigkeit und silbern tropft verhaltnes Leid aus unerschöpflich tiefen Gründen in die Unendlichkeit."
Die Bedeutung war: strahlende Augen, die weinen.

Je m'apprête à partir au Château de Dardagny où le Cercle Bach répète - pendant deux jours - la Cantate de Graun. Nous passerons un week-end de travail, dernière grande préparation avant le concert. Oh, si je pouvais te raconter mes joies et mes souffrances, issues de cette musique!
Deutsch
Ich mache mich bereit, um zum Schloss Dardagny zu verreisen, wo der Bach-Singkreis während zwei

Tagen die Cantate von Graun einübt. Es wird ein Arbeits-Weekend sein, die letzte grosse Vorbereitung vor dem Konzert. Oh, könnte ich Dir doch von den Freuden und Leiden erzählen, die mir diese Musik bereitet.

31.1.1983

Neues Steiner-Buch :"Erfahrungen des Übersinnlichen". Ich möchte jetzt noch ein zusätzliches Billett für das Graun-Konzert kaufen, für Dich, und Dein Platz - neben Patrick - bliebe für alle andern leer, ausser für mich. Vielleicht tu ich's. Ich werde Dich dann da sitzen sehen, werde Dich anschauen können und - nur für Dich singen.

3.2.1983

Je t'avais donné ma vie. Maintenant tu 1'as prise. Merci!!

(Ich habe Dir mein Leben gegeben. Jetzt hast Du es genommen. Merci!!).

15.2.1983

Vom Telefongespräch um 17 Uhr 40.

Oh, ich möchte Wort um Wort festhalten, jeden Hauch, jeden Schluchzer, jede Träne. "Wir sind uns immer so nahe, dass ich Dich berühren kann" sagtest Du. Du spielst Lucas, Op. 1 für mich, oft abends 9 Uhr, und ich für Dich. Ich darf Dir meine ganze Liebe, den ganzen Schmerz, dieses Leben der Tortur, in die Hände legen.

Und Du ? Du sagst mir, wie glücklich Du über meinen Anruf seist. Du hättest mir ein Zeichen gegeben, dass ich Dir zum Geburtstag etwas schicken soll.

Ich habe Dir gesagt, dass ich für Dich einen Platz in unserem Konzert in der Victoria Hall reserviert habe. Da werde ich Dich sehen, mein Geliebter, wir werden einander anlächeln, Du wirst hinhören, lauschen, und ich werde nur für Dich singen.

Wir unterhalten uns auch über Rudolf Steiner. Ich sage Dir, Du müssest unbedingt das Buch über die ätherische Erscheinung Christi kaufen. Aber ich will es Dir schicken.

Auch Du hoffst, dass diese tragische Situation bald ein Ende findet.

Wir sind ununterbrochen miteinander verbunden. Ich gebe Dir meine Büro-Tel. Nr.

Zum Schluss segnest Du mich, zeichnest mir ein helles, leuchtendes Kreuz auf die Stirne, das immer bleibt, nie vergeht. Und sagst: Tschau, mon amour, tschau ... tschau.

Oh Frédéric, wann, wann ??
Warum ich das ganze Telefongespräch aufgeschrieben habe? "Ich möchte nicht vergessen, was Du mir sagtest, ich liebe Dich, Du fehlst mir, Deine Gedichte, Dein Geist fehlen mir. So ein Gespräch ist meiner Seele Nahrung auf lange Zeit.
20.2.1983
Le concert est terminé. Je t'ai regardé sans arrêt, nous étions unis dans la musique, 1a douleur, la tendresse. Mon amour. Quelque chose doit se passer pour que cesse cette torture de la séparation.

Deutsch
Das Konzert ist vorüber. Ich habe Dich ununterbrochen angeschaut, wir waren vereint in der Musik, im Schmerz, in der Zärtlichkeit. Welch tief-trauriger Text in Graun's Kantate :
"Das Dornendiadem" "Euch verzeihn ist meine Rache" "Den Fuss in Ungewittern, das Haupt in Sonnenstrahlen" Das bist auch Du ... das Haupt in Sonnenstrahlen.
21.2.1983
Steinchen aus dem Schnee vor dem Goetheanum. Nachmittag im Goetheanum, in der Bibliothek, vor

dem Theatersaal, durchwühlt, zertreten, zerschnitten vom Schmerz der Erinnerung.
Christian Morgenstern: Im "Sämann"... ich habe nur noch eine vage Erinnerung des Inhalts dieses Gedichtes, wovon das Wichtigste war: "Erst wenn mein Körper ganz zerbrochen, kann das Licht aus meinem Innern strahlen." *** Evtl. RS Buch 109/111 bestellen.
Tag und Nacht bei Dir, mein liebster Frédéric.
Zu Deinem (50.) Geburtstag (am 14.3.1983)
Lieber Ludwig,
Deine Gedichte besitzen nach wie vor die unbeschreibliche Kraft, meine Seele verträumt lächeln zu machen. Immer öfter und öfter verlangt die Verhungernde nach diesen Gedichten, in ihrem grossen Ringen, das Lächeln nicht zu verlernen. In solchen Momenten der Seligkeit, des Untertauchens in Deine - ihr so lieb und teure – Gedankenwelt, borgt sie sich von Deiner Kraft, Deinem vertrauensvollen In-die-Zukunft-Blicken. Alle Deine Gedichte, auch die traurigsten und wehmütigsten enden - mit einigen ganz wenigen Ausnahmen - in einem Klang der Hoffnung; auch wenn's ganz dunkel ist, ein kleines Lichtlein flackert bei Dir immer noch.

So leuchtet Dein Bild tief innen in meinem Herzen und kann nie verblassen. Und so begegnest Du mir, mein geliebter Ludwig, unendlich gross und königlich, wie es eine wundervolle Stimme in unserem Konzert voll Jubel und Hingebung gesungen : "Den Fuss in Ungewittern, das Haupt in Sonnenstrahlen."

So lebst Du, wirkst Du und bewegst Du Dich inmitten Deiner Familie, Deiner Angestellten, im Büro Deines Bruders, in der Fabrik, treppauf, treppab, und wo Du bist und wo Du gehst, alle sehen es: von Dir aus strömt ein funkelndes, helles

Strahlen, Abglanz Deiner Persönlich-keit. Deshalb kannst Du nie dem Alltag und der Erden-schwere unterliegen. Wenn auch Dein Fuss in Ungewittern wandeln muss, Dein Haupt trägst Du in Sonnen-strahlen, die Du aus dem Göttlichen schöpfst und die aus Dir wieder zurückleuchten auf Deine Mit-menschen.

So schliesse ich Dich denn, an Deinem grossen Tage, aus der Ferne lieb in die Arme, halte meine Wange, ach nur einen kleinen Moment, an Deine Wange . . .und wenn ich Dir jetzt etwas wünschen darf, dann dies: dass dieses helle Licht immer bei Dir bleibe, als Kraft- und Freudenquelle für Dich und - durch Dich - für alle die Menschen, die das Glück haben, in Deiner Näh' zu sein. Deine Karin.

Frédéric, diesen Brief werde ich Dir schicken, wahrscheinlich der einzige aus dieser langen Kette von Tränen und Hilferufen.

Beginnt denn die echte Liebe nicht da, wo keine Gegenleistung erwartet wird?

7.3.1983

Du, Du, Geliebter. Du schenkst mir wieder zwei Gedichte übers Telefon, die ich aus lauter Glück fast nicht höre. Ich muss Dich um sie bitten. Du schreibst wieder Gedichte!!: Oh: Wenn nur Du nicht mehr leiden musst. Meine Liebe zu Dir ist unendlich.

Du sprichst von herrlichen Zukunftsplänen ... eine Tätig-keit im Dienste der Anthroposophie. Du bist zu Grossem auserkoren.

13.3.1983

Sonntag, ein Tag vor Deinem Geburtstag. Ich bin nach Dornach gefahren, zur Hl. Messe, da wo wir uns vermählten. Die Hostie habe ich mitgenommen, um sie einmal mit Dir zu teilen.

Ach wie schwer ist das Leben ohne Dich.

22.3.1983

Geliebter, wieder hast Du mir einen Tropfen Freude auf mein wundes Herz gelegt. Ach wie wundersam sind doch diese Momente, in denen unsere Stimmen sich am Telefon liebkosen. Du warst beglückt über meinen Geburtstagsbrief und sagst mir: "Weil du mir so vertraust, machst du mich stark, gross und schön. Wir helfen einander und wachsen aneinander." Du vertraust der Zukunft betreffend unsere Leben. Oh Frédéric'. Ich sprach Dir von der Hostie, die jetzt in unserem Tabernakel ruht, bis wir sie gemeinsam zu uns nehmen können. Du sagst zu mir, dass Du wie ein Rubin in meinem Herzen liegst und mich erhellst und mir warm gibst. Wir lieben uns, wir lieben uns!! Dass der Himmel sich erbarme.

23.3.1983

C'est fini, je ne chanterai plus. Une corde vocale est paralyée. Toutes mes souffrances se répercutent sur le fonctionnement de mes organes. Tu m'avais rendu ma voix, et tu me 1'as reprise, sans vouloir. Je n'ai même plus

1a force de pleurer mais dans mon coeur continue à brûler la flamme de mon amour éternel pour toi. Aide-moi à supporter cette vie!!

Deutsch

Das ist das Ende. Ich werde nicht mehr singen können. Ein Stimmband ist gelähmt. Alle meine Leiden wirken sich aus auf das Funktionieren meiner Organe. Du hast mir meine Stimme gegeben und Du hast sie mir wieder weggenommen, ohne es zu wollen. Ich habe nicht einmal mehr die Kraft zum Weinen, aber in meinem Herzen leuchtet fort und fort die ewige Flamme meiner Liebe zu Dir. Hilf mir doch, ein solches Leben zu ertragen!!

30.3.1983

Ich bin so traurig, Frédéric. Wir stehen vor dem Osterfest; morgen verreise ich wieder nach Basel.

Ich hatte so gehofft, so inbrünstig gewünscht, Du würdest mir jene Gedichte, die Du mir am Telefon vorgelesen, schicken. Aber nichts, kein Brief, kein Wort, nichts. Warum tust Du mir so weh? Kostet es Dich so viel, mir eine kleine Freude zu bereiten? Liebst Du mich denn nicht? Hast Du mich nie geliebt ? Und wenn Du Dich aus Treue zu Madeleine zurückhälst, dann ist das doch nur Schein. Du musst doch fühlen, wie traurig ich bin .   und auch enttäuscht.

Ich bin der Verzweiflung nahe. Verzeih mir diese bittern Worte. Ich bin am Ende.

6.4.1983

Ich erwarte Georges aus St. Gallen. Und möchte mit Dir reden, die Sehnsucht verzehrt mich. Es gibt in meinem Leben ja nur noch so wenige, sonnige Momente, und die möchte ich Dir erzählen und darf nicht. Frédéric, ich fühle mich so einsam und alleine, trotzdem ein sicher schöner Abend mich erwartet. Aber wie soll ich dieses Auto mit St. Galler-Nummern anschauen; es ist ja nicht Deines.

Weisst Du, ich leide so Unsägliches, darum schreibe ich auch nicht mehr so häufig. Es ist ja immer nur dasselbe. Mein Heimweh nach Dir, das nie gestillt werden kann.

Wenn doch nur dieses Leben endlich ein Ende nähme. Ohne Dich gibt es nichts mehr.

Was Du wohl fühlst und denkst?

12.4.1983

Mon amour,

L'envie de t'appeler au téléphone est si fort et je pleure sans cesse ce matin. Une grande tristesse est en moi.

Mais est-ce que tu ressens encore quelque chose pour moi?, je me sens si abandonnée, seule, seule. Où sont tes poesies?

... Elle (il) a dit oui avec la tête .., elle (il) a dit non avec le coeur ...Je suis à toi, uniquement à toi . . . et je disperse ma tendresse à la recherche de toi . . . à travers une voix, une main ... un regard. Viens, viens mon amour, je n'appartiens qu'à toi.
Dessine-moi un mouton ...
Serais-je une fleur, jetée aux tigres??
Puis-je encore t'appeler au secours? Je n'ai que toi.

Deutsch
Geliebter, der Wunsch, Dich am Telefon zu sprechen ist so stark, und ich weine unaufhörlich heute morgen. Eine grosse Traurigkeit ist in mir. Aber, empfindest Du überhaupt noch etwas für mich? Ich fühle mich so verlassen, allein, allein. Wo sind Deine Gedichte?
... Sie (er) hat ja gesagt mit dem Kopf ... sie (er) hat nein gesagt mit dem Herzen.
Ich gehöre Dir, Dir allein . . . und ich verwehe meine Zärtlichkeit auf der Suche nach Dir ... zerstreue sie über eine Stimme, eine Hand ... einen Blick. Komm, komm, mein Geliebter, ich gehöre Dir allein.
Zeichne mir ein Schaf.
Werde ich eine Blume sein, den Tigern vorgeworfen??
Werde ich Dich noch zu Hilfe rufen können? Ich habe nur Dich.
13.4.1983
Liebster, wieder durften unsere Stimmen sich liebkosen, obwohl die meine von Schluchzen geschüttelt war. Lieb sprichst Du zu mir: "Ich halte Dein Köpfchen, wir tragen uns, ich bin bei dir." "Wir sind in einen Strom hineingenommen, du und ich." Du sprichst mir auch von Madeleine, die - wie Du sagst - fühlt, dass ein Zusammenbleiben zwischen ihr und Dir, auf die Dauer vielleicht nicht mehr möglich ist. Sie entfernt sich - befremdet . . . Und Du,

oh Du, mein Geliebter, dem ich gehöre, dessen Seele meiner Seele in inniger Verwandtschaft nahesteht, Du hast an Herrn Grosse geschrieben, um vielleicht in Dornach eine Aufgabe zu finden. Und Du frägst Dich, ob wir vielleicht bald einmal in Dornach arbeiten werden. Oh Traum der Träume. - Morgen schickst Du mir Deine Gedichte; so werde ich für eine Weile wieder selig lächeln können. Ich habe Dir gesagt, dass ich nicht mehr singen darf. Je t'aime . . . eternellement.
15.4.1983
Oh Deine Gedichte: Wohl 50 an der Zahl, Liebe, Trauer, Freudenröslein, Hoffnungen. Ich kann nicht widerstehen und rufe Dich an. Dank, Dank Dir mein Geliebter.
Deine Pläne für die Anthroposophie zu wirken verstärken sich. Du würdest nach Dornach ziehen, Dein Haus in Gossau verkaufen. Darf man solche Träume überhaupt ausdenken ?
Wir sind glücklich am Telefon und Du sagst : "Siehst Du, jetzt ist der Osterhase doch noch gekommen, alles ist wieder wie früher, wir fliegen wieder mit-einander durch die Sonne, wie zwei Schwälbchen."
Es braucht so wenig (oder so viel) um glücklich zu sein. Je T'AIME TANT.
25.4.1983
Ein Glockenspiel geht durch die Nacht ◊ mein Herz hebt an zu singen ◊ ich hab so innig Dein gedacht ◊ dass unsre Seelen schwingen ◊◊◊ Sie halten sich, sie kosen sich ◊ und wollen sich nicht lassen ◊ sie ruh'n in sel'ger Trunkenheit ◊ und können es nicht fassen ◊◊◊ dass sie nach so viel Schmerz und Leid ◊ und stummen, bangen Fragen ◊ ganz heimlich diese Nacht vereint ◊ sich lächelnd wieder Liebe sagen ◊◊◊ Das Glockenspiel es dauert fort ◊ schwebt zwischen Tal und Hügeln ◊ von Dir zu mir - von mir zu Dir ◊ auf ewig gold'nen Flügeln.

28.4.1983

Ach Lieber: Ich bin so unendlich dankbar für jede Minute, Sekunde, in der wir kommunizieren. Dieses Telefon-gespräch hat mich zutiefst beglückt - und aber auch vor Sehnsucht nach Dir bluten lassen. Doch irgendwie ist ein Stachel weggenommen worden. Wir haben den lieben, vertrauten Ton - in dem so viel Hoffnung schwingt - wieder gefunden. Deine Stimme betört mich nach wie vor. Ich weiss nur eines und immer dasselbe: dass mein ganzes Leben Dir, nur Dir gehört. Ich warte auf den Tag, an dem wir uns strahlend und tränenüberströmt, endgültig in die Arme fallen. Du - Du - Du ...
Deine Frederica

30.4.1983

Oh mein Frédéric!! Welch ein Fest hast Du mir mit Deinen Gedichten bereitet - und wenn ich sage "Fest" heisst das, dass mein Herz schon wieder zur Freude bereit war. Sonst wärs nur Trost - - Aber Deine Stimme am Telefon hat über mich denSchleier des Frühlingszaubers gebreitet und meine Seele schluchzt vor Erlösung. Ich hatte genug - GENUG - immer nur in Gelassenheit alles zu erdulden - genug vom Leiden - ich will Dich lieben, mit meinem ganzen Temperament, das mit mir durchbricht, hin zu Dir, und wie ein wildes Pferd mit fliegender Mähne die Zäune durchrennt - so komme ich wie ein Wirbelwind und will Dich lieben, lieben, beissen, küssen, bis Dir die Zähne bluten.

Sei wieder still, Karin, du wünschest ja auch, dich in zärtlichster Zärte zu verschenken, sanft und hingegeben, ausgebreitet für deinen Frédéric, um die höchsten Wonnen von ihm zu erhalten und dich dann über ihn zu neigen und seinen Leib und seine Seele zu steicheln, zu küssen bis zum Wahnsinn, um dann in seinen Blick versunken, auf ihn nieder-zufallen, sodass seine und deine Tränen ineinander-

fliessen und ihr unter Schauern, gelöst von der Erde, nur noch eins seid.
16.5.1983
Nachträgliche Bemerkung: Lieber Frédéric, siehst Du, ich könnte ja dieses Kapitel auslassen. Dein heutiger Brief spricht von Deinen Befürchtungen in dieser Hinsicht. Aber warum soll ich mich Dir verbergen? Ich hatte dies geschrieben eben weil ich es so empfand. Ich möchte ganz wahr vor Dir sein, auch wenn es Dir nicht so ganz behagt. Sei mir nicht böse.
2.5.1983
Die Treue ist etwas so Heiliges, dass sie selbst einem "unrechtmässigen" Verhältnis Weihe verleiht.
3.5.1983
Schon wieder schüttelt mich der gliederlösende Eros, bittersüss, unbezähmbar, ein dunkles Tier. (Sappho)
4.5.1983
Où es-tu, mon âme, ma pauvre, petite âme ? Tu es meurtrie jusque dans tes profondeurs. Mais tu es devenu plus grande, plus belle dans ta solitude et dans ton silence. Je te regarde avec mes yeux de la terre et tu m'enseigne la sagesse, une sagesse que tu as appris toi-même au prix d'inexplicables douleurs et que tu ignorais i1 n'y a pas si longtemps encore. - Te rappelles-tu Rome, c'etait une situation identique, seulement tu somnolait dans 1'ignorance et tes exigences etaient moindre. Tu étais davantage prête aux sacrifices.

Deutsch
Wo bist du, meine Seele, meine arme, kleine Seele? Du bist verwundet bis in die tiefsten Tiefen. Aber du bist grösser geworden, schöner in deiner Einsamkeit und deinem Schweigen. Ich schaue dich an mit meinen Augen der Welt und du lehrst mich die

Mässigung, eine Tugend, welche du für dich selber gelernt hast um den Preis namenloser Schmerzen und welche du ignorieren wolltest vor gar nicht langer Zeit. Erinnerst du dich an deine Inkarnation in Rom? Da war's dieselbe Situation, nur dass du in Unwissenheit vor dich hindöstest und deine Bedürfnisse geringer waren. Du warst mehr zum Opfer bereit.

Schiller sagt :

"In deiner Brust sind deines Schicksals Sterne."

6.5.1983

Une nouvelle poesie de toi, mon amour. Et je sanglote ... Mon Dieu, donne-moi 1a paix! Je suis encore si vulnérable et je lutte contre ce destin cruel, je ne puis 1'accepter. Que vais-je devenir ? Non, Frédéric, la paix ne remplit pas mon coeur. Je te veux toi, toi, toi. Et tu sembles si calme et serein. Cela me rend folle.

Deutsch

Wieder ein Gedicht von Dir, Geliebter. Und ich seufze ... Guter Gott, gib mir den Frieden! Ich bin noch so verletzbar und ich kämpfe gegen die Grausamkeit des Schicksals, das ich nicht annehmen kann. Was soll aus mir werden? Nein, Frédéric, kein Frieden füllt mein Herz. Ich will Dich, Dich, Dich. Und Du scheinst so ruhig und heiter. Das macht mich ganz verrückt.

7.5.1983

Mozart, immer Mozart. No. 11 im 2. Band der Sonaten. "Je te précède(rai)" (ich werde Dir vorausgehen) habe ich darüber geschrieben, was wohl meinem Wunsche Ausdruck geben soll, bald, ach bald, aus diesem Tale der Tränen fort-zukommen. In lichten Wäldern will ich auf Dich warten ... Das Adagio in As-dur ist unbeschreiblich schön.

11.5.1983
Oh welch seliges Gespräch, eine Stunde lang mit Dir
am Telefon. Mein Herz jubelt, singt, Dir entgegen.
Ich flehe zum Schicksal, es möge uns zusammen in
seine grossen, breiten Arme nehmen. Je t'aime, je
t'aime, tu m'aimes ...
16.5.1983
Eine tiefe Ruhe ist über mich gekommen. Das
Telefon-gespräch von 2 Uhr klingt noch in meinem
Herzen. "Mon Dieu, rend-moi digne de 1ui."
Frédéric, jetzt schliesse ich diesen Brief ab. Es war
ein langes, schweres Jahr und Du siehst mich Tag
für Tag mit all meinen Wünschen, Schwächen,
Nöten, Kämpfen, Träumen, so wie ich bin.
   Vieles wird Dir nebensächlich erscheinen. Doch für
mich war es das einzige Mittel zum Dialog mit Dir.
Oft war ich am Zusammenbrechen und habe mich
an scheinbar gegen-standslose Dinge geklammert,
ungefähr so wie ein Er-trinkender, der sich selber, an
seinen Haaren, aus dem Wasser ziehen will.
   Jetzt scheinen wieder ein paar Sterne. Ich bin
dankbar dafür. Es ist, als wäre der Himmel der Erde
etwas näher gekommen. Oder vielleicht sind wir
etwas höher gestiegen. Es kommt mir ein Gedicht in
den Sinn, das mir C.C. zum Abschied von Stella
Maris schenkte und das ich Dir jetzt weitergebe .
   „ICH WERFE EINE BLUME IN DAS MEER,
   SIE TREIBT NUN AUF DEN WELLEN HIN UND
HER. VIELLEICHT, DASS WENN DER WIND SICH
ABENDS DREHT, ER MEINE BLUME BIS ZUR
BARKE WEHT."
Zum 21.5.1983
In einem Deiner frühen, herrlichen Gedichte hiess
es: "Was wird erst, wenn das Jahr den vollen Bogen
zieht?"
Und wieder taucht dieselbe Frage aus den
Untergründen. Nur Du kannst sie beantworten.

Mein Vertrauen in Dich ist unendlich.
In reiner, seliger Verbundenheit. Deine Karin

Pfingstsonntag, 22.5.1983

Du hast mir das Büchlein über George Sand geschenkt und mich dabei mit dieser Frau verglichen.

Der Inhalt des Bändchens hat mich enttäuscht. In meiner Erinnerung war G.S. vor allem die Person, die Frédéric Chopin inspirierte und liebte. Dieser Umstand kommt nicht aus dem Band hervor, ihr Zusammenleben wird nur oberflächlich, fast geschichtlich behandelt und die Untergründe ihrer wertvollen, menschlichen Beziehungen sind nicht fühlbar.

G.S. war ihr Leben lang auf der Suche nach Liebe. Sie hat sie gefunden in der reinen Form der All-Liebe im Volk, in den Unterdrückten, vom Schicksal Gepeinigten und vielleicht in Form von erwiderter Mann-Frau Liebe als spärliche Brocken, die ihr nie genügten. Sie suchte diese Liebe, um zu erhalten.

Was mich anbetrifft, steht mein Leben jetzt still. Ich darf nicht erhalten und habe diese Liebe aber gefunden. Du. Doch bin ich glücklich, zu geben. Keine Freude ist süsser, als Verschenken. Kein Schmerz tobender, als nicht mehr schenken zu dürfen. Darin liegt die Qual meiner Liebe. Doch bin ich da wahrscheinlich eine G.S. – Gestalt: nämlich trauerfähig. Sonst müsste ich längst tot sein.

Im weiteren ist mir G.S. abwechselnd sympathisch und unsympathisch. Vorgängerin ihrer Zeit. Eclaireuse de son temps.

Daneben die ungestillte Lust-Sucht, mit der ich mich niemals identifizieren kann. Leidenschaft: ja; berauschend, schrankenlos, aber verschenkend vor allem und EXCLUSIV!!

Welch glückliche Frau jedoch, die fragen kann:
„Liebst du mich, oder begehrst du mich?"

Was übrig bleibt: Musik. Vielleicht werde ich mich endgültig zu jener „Elite", wie G.S. sie nennt, zählen, die die reinsten, höchsten Freuden in der Musik erlebte.

Ich muss mich nochmals und eingehend mit der Frage der Erbsünde befassen. C.

Gossau, 21.5.1983

Ausgerechnet heute, mein liebes Du, heute bin ich nach Dornach zu Herrn Grosse gefahren. Und dann – o selige Stunde- fuhr ich vom Goetheanum hinauf, entdeckte das Schloss Dorneck (das wir seltsamerweise noch nicht miteinander erlebt haben), sass dort mutterseelenallein am Saum der Mauern unter Bäumen und – nahm lesend Deinen Brief, Dein Schluchzen, Deine Hoffnung, Deine Pein ins innerste Geheimnis meiner Seele auf, zutiefst ergriffen und bewegt von dem was Dich, mein Herz, bewegte.

Ohne diesen Brief wäre die Welt, unsere Welt, der tausend Nöte und Leiden, der innigsten Freuden, der Sehnsüchte und Hoffnungen – nicht rund gewesen. Denn genau dieser Brief ist der Ausdruck dessen, was von Deinem Wesen auf's Vollendetste zu mir gehört. In solchem Seelengesang vermählt sich unser beider Sein zu einem untrennbaren Ganzen.

Ja, Du bist gross in meinem Leben ◊ bist mein Glück und mein Verhängnis immerdar ◊ mein Herz, mein Blut, mein Sein will ich Dir geben ◊ das Deinem Wesen seit Äonen zugeeignet war ◊◊◊ O holde Liebe, Deines Sinnens Drang ◊ Du köstliches Geflüster, Stern um Sterne ◊ heb ich vor Dir empor in reinem Hochgesang ◊ und überströme Dich mit heisser Inbrunst aus der Ferne ◊◊◊ Dir will ich wieder jenen Kelch bereiten ◊ der uns berauschend diesem

Leben lieh ◊ oh horch, ich hör den Flug glücksel'ger Zeiten ◊ Dich, märchenhafte Windsbraut, lass ich nie.

Du, Karinchen, köstlicher Gespan. Wenn Du wüsstest ... ja, ich führe Dich hieher. Von der Dorneck herab habe ich – o süsser Schreck – entdeckt, dass gleich unter mir das Wiesentälchen liegt, in dem wir nah beim Busch „die Sterne aus dem Himmel zu uns stürzen sahen".

Nach Deinem Brief fahre ich unverzüglich los, dorthin und bin nun, wo ich bin, auf dem Feldweg, bei der Kette, welche das Strässchen sperrt, im Auto, im Regen, mit Blick zu jenem Busch und dem Zeltplatz, wo wir die seligsten Stunden unseres Lebens verbrachten. Hier, hier schreibe ich mir die innigsten Gefühle für Dich vom Herzen, hier erneuere ich den Bund, den wir auf Gedeih und Verderb miteinander geschlossen und hier gestehe ich Dir meine grenzenlose Liebe, die Dich mit der Flut des Sturmmeers und mit dem Geflüster zärtlichen Abendwinds umgibt.

Ich trage Dich auf den Flügeln meiner Sehnsucht zu den höchsten Freuden des Daseins und verwöhne Dich, mein Schmeichelkätzchen, mit Liebkosungen und Genüssen, dass Du in Wonne schwimmst und mir zulächelst mit dem unvergesslichen Glanz Deiner Strahlenaugen.

Sei guten Mutes, die Zeit ist für uns. Wir reiten auf den Pferden der Hoffnung einer glorreichen Zukunft entgegen.

Dein Ludwig

Sonntag abend, 29. Mai 1983

Lieber, liebster Ludwig,
zu neuem Leben hat mich Dein Brief auferweckt und während Tagen nun wiege ich jedes Deiner Worte

beglückt in meinem Herzen hin und her und verharre in stiller Verzückung in den goldenen, feinen Schleier eingehüllt, den Du um mich gewoben. Mir schien, jegliches Sprechen müsste den Zauberbann brechen, in den Du mich versetzt. Wie ein Schlafwandler kam ich mir vor. Nein, nie hat jemand einen solchen Brief erhalten, selbst nicht Frau von Stein.

Hast Du meinem Schweigen gelauscht? Hast Du gefühlt wie ich über der Erde schwebte in einem weltentrückten Traum, den ich als Wirklichkeit in meinem Innern erlebte? Oh, wie kann ich Dir die süsse Freude des Wartens beschreiben, des Wartens bis das Echo auf Deinen beseligenden Ruf reif war. Jetzt erst darf ich Dir schreiben!

Ich bin gefesselt, gefangen von Dir, mit meinem Herzen und meiner Seele. Die Wurzeln meines Lebensbaumes haben den Nektar der Auferstehung in sich aufgesogen und der Morgen sieht mich als neuen, grünenden, blühenden Baum. Mit Dir sage ich lebensfroh: „Tag, nimm mich auf."

Oh Du: wie bebt alles in mir, wenn Du vom Busch, der Kette, dem Feldweg sprichst. Lebendig ist alles zurückgekommen. Wir gehen Hand in Hand in die Höhe zum Waldrand und Du erzählst mir die Geschichte von Judith und Holophernes

Ja, selige Stunden waren für uns auserlesen und wenn der Himmel es will, wird er uns noch einmal mit den Rubinen, Smaragden, Diamanten seiner Freuden überschütten und uns als zweistimmige Melodie unsäglich EIN LIED sein lassen.

Oh komm, lass uns singen!

Auf Face B des beiliegenden Tonbandes habe ich für Dich das Adagio aus KV 280 aufgenommen und schon schicke ich Dir neue Noten des Adagio cantabile (Var. XI) aus KV 284. Beide drängen aus meinem Herzen zu Dir und möchten Dich in ihrer Anmut und Einfachheit berühren zum schönsten

Empfinden. Leb wohl Du und ergib Dich meiner Zärtlichkeit. Carina.

Gossau, 29.5.83

Ein Abend allein – mit Dir. Mit tiefer innerer Bewegtheit, Deinetwegen, aber auch um dessetwillen was ich eben tue, durchblättere ich „meine" roro-Monographei über Christian Morgenstern, die ich zwischen 1967 und 1969 gelesen habe und aus der ich den grundlegenden Impuls gewann, mich näher mit seinem verehrten Lehrer „Rudolf Steiner" zu befassen.

Es gibt niemanden auf der weiten Welt, dem ich dieses Büchlein mit derselben Ehrfurcht, Selbstverständlichkeit und Liebe schenken könnte, als Dir, Karin, mein unzertrennliches Du.

Und nun sitze ich hier und denke an Dich mit dem überströmenden Gefühl innerer Ruhe und mit unheilbarer, leiser Trauer darüber, dass wir uns fern sind.

Aber wir können und wollen uns halten mit dem Strahl der Hoffnung, der zwischen uns aufblüht und der uns den Weg erhellt –des Verzichts- der uns schliesslich zur Eintracht vereinigt. Denn, was wir nicht mehr wollen, aber nur noch im Geheimnis unseres Herzens ersehnen – wird uns in Fülle geschenkt.

Sei guten Mutes. Ich spüre täglich, wie wir zusammenwachsen zur vollkommenen Seelenharmonie. Ich höre Dich leiden und leide mit Dir, aber die Wärme des Einig-sich-Fühlens macht, wie die strahlende Sonne, alles wieder gut.

So wünsche ich Dir „gute Nacht" und dass Du ruhest im Frieden. Sei geborgen in Dem, der über uns wacht – und getröstet – Karinchen, hinieden.

Dein, Dein, Dein

Frédéric

Gossau, 8.6.1983

Dich im Morgentau zu grüssen ◊ wenn die Menschenfreundin äugt ◊ und das Land mit Gold bestäubt ◊ ist meiner Seele reines Müssen ◊◊◊ Leise schwebt sie dir zu Füssen ◊ wo sie deine Sehnsucht säugt ◊ und den Trennungsschmerz betäubt ◊ badend dich in sanften Küssen ◊◊◊ Wunderliche Phantasie ◊ die mein Inneres bewegt ◊Träume – oder mehr als sie ◊ Das sich zur Entfaltung regt ◊ in der Schicksalssinfonie ◊ deren Strom uns liebvoll hegt.

Frédéric

Ludwig Weibel, geboren 1933
Lebt in CH-9200 Gossau/St.Gallen
Studienabschluss als Fernmeldetechniker
Schriftstellerische Berufung zur
"Philosophie des Seins" für vife Geister.
der philosophischen Werke).
Homepage: www.das-sein.ch
E-Mail: ludwig.weibel@hispeed.ch